藏在诗词里的二十四节气

马浩 ◎ 著

花山文艺出版社
河北·石家庄

图书在版编目（CIP）数据

藏在诗词里的二十四节气 / 马浩著. -- 石家庄：花山文艺出版社，2020.5
ISBN 978-7-5511-4534-3

Ⅰ. ①藏… Ⅱ. ①马… Ⅲ. ①古典诗歌－诗集－中国 ②二十四节气－普及读物 Ⅳ. ①I222②P462-49

中国版本图书馆CIP数据核字(2020)第052535号

书　　名：*藏在诗词里的二十四节气*
Cang Zai Shici Li De Ershisi Jieqi
著　　者：马　浩
责任编辑：梁东方
责任校对：林艳辉
美术编辑：陈　淼
封面设计：李　一
出版发行：花山文艺出版社（邮政编码：050061）
　　　　　（河北省石家庄市友谊北大街330号）
销售热线：0311-88643221/29/31/32/26
传　　真：0311-88643225
印　　刷：三河市金泰源印务有限公司
经　　销：新华书店
开　　本：880×1230　1/32
印　　张：8.5
字　　数：160千字
版　　次：2020年5月第1版
　　　　　2020年5月第1次印刷
书　　号：ISBN 978-7-5511-4534-3
定　　价：49.80元

（版权所有 翻印必究·印装有误 负责调换）

辑一　春雨惊春清谷天

立春，从此雪消风自软 …………………… 2

雨水，天将化雨舒清景 …………………… 14

惊蛰，轻雷隐隐初惊蛰 …………………… 26

春分，明朝种树是春分 …………………… 38

清明，梨花落后清明 ……………………… 50

谷雨，秀麦连冈桑叶贱 …………………… 62

辑二　夏满芒夏暑相连

立夏，夏木已成阴 ………………………… 76

小满，最爱垄头麦 ………………………… 90

芒种，小麦覆陇黄 ………………………… 100

夏至，宵漏自此长 ………………………… 110

小暑，竹喧先觉雨 ………………………… 120

大暑，朝景枕簟清 ………………………… 132

辑三　秋处露秋寒霜降

立秋，新蝉三两声 …………………… 144

处暑，听蛩断续吟 …………………… 156

白露，露从今夜白 …………………… 164

秋分，秋分客尚在 …………………… 176

寒露，莲子已成荷叶老 ……………… 186

霜降，风落木归山 …………………… 196

辑四　冬雪雪冬小大寒

立冬，荷尽已无擎雨盖 ……………… 208

小雪，刺梧犹绿槿花然 ……………… 218

大雪，时闻折竹声 …………………… 228

冬至，冬至至后日初长 ……………… 236

小寒，腊月风和意已春 ……………… 246

大寒，岁时风俗相传久 ……………… 258

辑一　春雨惊春清谷天

立春

立春，二十四节气的首个节令，又称岁首、立春节、正月节，太阳到达黄经315°，时间为每年阳历2月3、4或5日。立，始也，意味着地气上升，天气逐渐变暖，春天开始了。《月令七十二候集解》云："立春，正月节；立，建始也；五行之气往者过来者续于此；而春木之气始至，故谓之立也。"

立春，从此雪消风自软

立春

宋·王镃

泥牛鞭散六街尘，生菜挑来叶叶春。
从此雪消风自软，梅花合让柳条新。

王镃 字介翁，号月洞，诗人，生卒年不详，出生在南宋时期处州平昌县（今浙江省遂昌县）。曾做过南宋金溪（今江西抚州市）县尉。南宋灭亡，王镃心怀亡国之痛，隐居湖山修道，为自己的居所题名"日月洞"，吟诗作赋打发时光，人送雅号"月洞先生"。有诗集《月洞吟》传世。

"泥牛鞭散六街尘，生菜挑来叶叶春。从此雪消风自软，梅花合让柳条新。"南宋诗人王镃的这首《立春》，为我们勾画了当时立春节气的民俗风情和景象，让人不觉进入了诗境。

众所周知，中国是以农耕文明立国的国家，古代曾有"劝农"的官吏，专门负责督促农人耕种。一年之计在于春，农事要遵循着节气。立春，通常帝王要带着群臣到郊外试犁耕种，象征着一年农事的开始。

辑一　春雨惊春清谷天

　　立春有许多习俗，似乎无不与勤劳、耕种、希望有关。这首诗的首联，说的就是立春在闹市鞭打泥牛的民俗。六街，指的是京都的大街和闹市，可以理解为一般的街市。泥牛，是用泥土做的牛，或用竹木扎成牛的样子，外面用泥糊上。立春时，把这种泥牛搬运到繁华的闹市口，让人们用鞭子抽打泥牛，象征着春耕的起始。众人鞭打泥牛，越碎越好，尘土飞扬，弥漫六街。

　　泥牛鞭散六街尘的情景，场面欢快，气氛热烈，我仿佛也在鞭牛的人群里，跟随着拥挤的人群，欢呼雀跃。

　　从诗境中出离，我想到家乡立春，有给小孩戴布公鸡的风俗。布公鸡，用各色花布缝制的公鸡。春打五九尾六九头，一进五九，奶奶便开始为孙子辈缝制布公鸡，临近立春了，布公鸡也缝制好了。一觉醒来，孩子们的帽子上，或袖口上，或前襟上，便"长"出一只只花花绿绿的布公鸡，小手小心翼翼地抚摸着布公鸡，满心的欢喜都写在了脸上，孩子们知道，自己又长了一岁。

　　为何立春要给孩子缝制布公鸡呢？儿时不知道问，而今想问，却不知道该问谁。我私下猜度，鸡与吉谐音，寓意着吉祥如意，公鸡司晨，大约能与勤奋搭上关系，意义都是好的，用现在的话说，充满了正能量。

　　诗的二联，生菜挑来叶叶春。唐宋时，立春之日有食春饼、生菜的风俗，春饼与生菜以盘装之，即称为春盘。诗中的生菜，代指春盘，有咬春、尝鲜、迎新的意思。汉代崔寔《四民月令》云，立春日食生菜，取迎新之意。诗句表达了诗人对春临人间的欣喜之情。

立春吃春卷，杭州为盛。立春时节，菜场但凡有排长队的，无不是买春卷、春饼的。相传，立春吃春卷，流行于北宋的京都汴梁，大约是南宋偏安临安时，把这一风俗带到了杭州，历久不衰，一直沿袭至今。

第三联，从此雪消风自软。这句诗既是写实绘景，亦是写意抒情，抒诗人对春的愉悦之情。立春，冬天的积雪渐渐消融，微风徐徐吹来，已无冬日里刺骨的寒意，变得和软温柔，漫步春天的田野，大有"舟遥遥以轻飏，风飘飘而吹衣"的快意。

尾联，梅花合让柳条新。诗人用了拟人的手法，让冬的代表梅与春的代言柳，做了季节的交换仪式，梅花应该让给吐芽的柳树了。梅花掉落，柳树发芽，季节不说话，自有花木来代言。

柳树披着一身的鹅黄，站在立春的节气里，新的一年从此起步，希望开始播种。一分耕耘就有一分收获。节气不等人，机不可失，时不再来。

立春，踩着春天的脚步，出发。

春日春盘细生菜

立春

唐·杜甫

春日春盘细生菜，忽忆两京梅发时。
盘出高门行白玉，菜传纤手送青丝。
巫峡寒江那对眼，杜陵远客不胜悲。
此身未知归定处，呼儿觅纸一题诗。

杜甫（712—770），字子美，自号少陵野老，世称杜工部、杜少陵，唐代伟大的现实主义诗人，被世人尊为诗圣，与李白并称"李杜"，为了区别晚唐时期的李商隐与杜牧的"小李杜"，又称"大李杜"，其诗被称为诗史。杜甫祖籍湖北襄阳，出生于唐时河南府巩县（今河南郑州巩义市），他一生颠沛流离，穷愁潦倒，忧国忧民，人格高尚，有1400余首诗存世，著有《杜工部集》，诗艺精湛，在中国古典诗歌中备受推崇，影响深远。

藏在诗词里的二十四节气

"春日春盘细生菜,忽忆两京梅发时。盘出高门行白玉,菜传纤手送青丝。巫峡寒江那对眼,杜陵远客不胜悲。此身未知归定处,呼儿觅纸一题诗。"杜甫《立春》这首诗,是他寓居夔州时所作。

唐代宗大历元年(766年),杜甫寓居夔州(今四川奉节县),直到大历三年(768年)方离开蜀地。羁留蜀地三年,前途未卜,其心情可想而知。立春时节,杜甫面对着春盘,不禁联想到往昔在两京欢度立春之日的情景,而今漂泊他乡,萍踪难定,巫峡寒江在脑海中忽来闪去,愁绪便如一江东流的春水。感叹之余,也只好"呼儿觅纸",寄满腔悲愁积愤于笔端,表达这位少陵远客的愁苦心情。

立春的时令,也没能让老杜心情畅快起来。这首诗,是杜甫借着立春的时令,抒发羁旅漂泊的悲苦心情。季节有序,时令有节,从不为世事变迁而爽约,节气一步一步走在光阴里,不疾不徐。

时令不会讨厌谁,也不会喜欢谁,面对着立春,人往往是自作多情,或悲或喜,或悲喜交加,这,都不关节气什么事。

不过,立春时节,大自然的花草树木纷纷站出来为沉默的时令代言,水仙不开花,想装蒜,立春到了,它便不敢再装了,赶紧抽薹顶蕾,让春天率先立在它的花蕾上,明黄的花朵,吹起了春的号角。

在它旁边的风信子,也不甘示弱,它们只是一双顽皮的孩童，水仙善于装蒜，风信子长于装葱，还是洋葱，风信子看着水仙褪去伪装，它也开始露出本真了，也开始抽薹缠花，春天在它们的殷勤之下，变得温情款款了。

户外的迎春花，在寒风中感受到了时令从遥远的时空发出的讯息，枝条变得柔软了，细碎的花铃在柔曼的枝条上摇响。

迎春花的黄，是嫩嫩的鹅黄，有着春阳般的色泽，花如其名，它的开放，只是为了迎接春天，并非为了让谁驻足，它不呼朋，不唤友，自己静静地开着，与到春天便杂生的雪柳遥相呼应。

不说别的，就看雪柳这个名字，就让人感动。

雪柳的雪，不仅仅代表着花色的白，尚有对雪的一份眷恋，立春节气是从大寒里走出来的，可以说，没有大寒就没有立春。正如雪莱的诗：冬天来了，春天还会远吗？是啊，立春应该感谢冷酷到底的大寒，冷到了极致便是暖，悲苦到了极点便会转化成欣喜，就像杜甫羁旅在夔州，也就在他写过这首《立春》不久，便离开了蜀地，人挪活嘛。

五九六九，沿河看柳，立春后，冰消雪融，涓涓的清流欢快地流淌着，人们看到春在水中涌动，一直涌动到自己的血管里，河边的柳树，随着顺河风，摇摆着，舞动一支春之曲。

高大的玉兰树，不用踮起脚，都看到了立春的样子了，它的每一朵花都像一只灯笼，为人们照亮春天。

……

这些立春的花语，只要用心去听，都能听到，包括滞留在遥远的唐代时空里的老杜，他的《立春》抒怀，并没有把他悲苦的心情传递给立春，更没有传递给后人，而是让后人更加理解他，热爱他，谁会不喜欢一个真诚的人呢？

地暖春郊已遍青

立春日

宋·陆游

日出风和宿醉醒,山家乐事满余龄。
年丰腊雪经三白,地暖春郊已遍青。
菜细簇花宜薄饼,酒香浮蚁泻长瓶。
湖村好景吟难尽,乞与侯家作画屏。

陆游(1125—1210),字务观,号放翁,越州山阴(今浙江绍兴)人,南宋文学家、史学家、诗人。陆游生不逢时,他的爱国思想为秦桧所不容,无法施展自己的政治抱负,郁郁不得志,晚年退居山阴。他豪情满腹,一生都想着要收复河山,却只能把一腔豪情壮志付诸笔墨,毕生笔耕不辍,著有《剑南诗稿》85卷,收诗9000余首。又有《渭南文集》50卷(其中包括《入蜀记》6卷,词2卷)、《老学庵笔记》10卷及《南唐书》等文集传世。

藏在诗词里的二十四节气

　　陆游有一首非常有名的词《卜算子·咏梅》:"驿外断桥边,寂寞开无主,已是黄昏独自愁,更著风和雨。无意苦争春,一任群芳妒,零落成泥碾作尘,只有香如故。"这首咏梅的词,是陆游以梅自况,发发牢骚,一句无意苦争春,潜意识里露出了他心中对春的渴望,咏梅,也是吟咏诗人心中的春天。

　　相对咏梅词,这首《立春日》写的风轻云淡,立春的物象,诗人信手拈来,点缀成诗,字里行间透着风趣欢快,诗人对世事人生有种过尽千帆的坦然与豁达。

　　人过七十古来稀。陆游写这首《立春日》时已77岁高龄了,闲居山阴的鉴湖边,与村人相处得十分融洽。

　　立春节气,年方兴未艾,天气风和日丽,诗人从宿醉中醒来,想想春节过得爽,在他77岁的晚年时光里,仿佛满满当当都是快乐的事。

　　瑞雪兆丰年,上天眷顾,冬天已下过三场大雪了,冰雪消融,大地回春,春天的地气已经上来了,野草已发芽,草色遥看遍地青,一派欣欣向荣的春天景象。

　　野菜时蔬摆上了餐桌,正好用以佐春饼,瓶中新酿的春酒冒着酒泡,泛着绿蚁,酒香四溢,醉了春天,也醉了人。

　　立春时节,湖村的美景实在太多,吟咏不尽,就送给那些四体不勤、五谷不分的富贵人家作画屏吧。

　　好一句乞与侯家作画屏,语气轻松幽默,暗含着讥讽。到底是陆游,"王师北定中原日,家祭无忘告乃翁"的陆游,

辑一　春雨惊春清谷天

在这平静美好的立春日，诗人的思绪似乎飘得更远。不过，这首诗道出了江南立春日的风情，诗韵轻松欢快。

年丰腊雪经三白，地暖春郊已遍青。立春，把人们从漫长的寒冬中解放出来，天高地迥，满目苍翠，清溪流云，到处充满了勃勃生机。

万物生长靠太阳，节气是为了农事而设定的，阳历是根据地球绕太阳的运行规律得出的，绕行一周为一年，约等于365天，阴历是凭着月球有规律地绕行地球而得来的，绕行一周为一月，时间为29.53天，完成了十二个月绕行为阴历的一年，约为354天，比阳历一年少了十一天。为了弥补这一时差，古人用闰月的方法，"十九年七闰月"，让阴历与阳历步调一致，阴历年，古人用的是干支纪年法，十天干，十二地支，属相就是与地支相对应，比如子鼠丑牛……

说着这些天文常识，就是想表达，节气立春了，不是说冬天就像一页纸翻过去了，立春还在"九"里，春天尚有倒春寒，桃花雪。民谚曰，清明断雪，谷雨断霜。意思是说，到了清明时节，就没有飞雪出现了，谷雨时，就不会见到寒霜影迹了，这条谚语大约诞生在黄淮地区，陆游的年丰腊雪经三白，说的是腊雪，纷扬的春雪，似乎更令人欣喜，在空中是雪，落地成雨。立春，地气上来了，地暖了，这才有地暖春郊遍地青的绿意。

立春时节，越冬的小麦开始返青了，此时要给小麦追返青肥。暖暖的春阳下，地气在阳光下如炊烟飘动，目光贴着地皮用心遥望，你就能看到浮动的地气，小麦大田里，到处都是施肥的人。

这时的小麦尚不怕被踩踏，可以在平阔的麦田里放风筝，放飞美好的愿望。

雨水

　　雨水，二十四节气之中的第二个节气，阴历正月十五前后，阳历2月18、19或20日，太阳到达黄经330°。《月令七十二候集解》曰："正月中，天一生水。春始属木，然生木者必水也，故立春后继之雨水。且东风既解冻，则散而为雨矣。"意思是说，雨水节气，大地解冻，气温升高，降水开始以雨的形式出现。

雨水，天将化雨舒清景

七绝·雨水

宋·刘辰翁

殆尽冬寒柳罩烟，熏风瑞气满山川。
天将化雨舒清景，萌动生机待绿田。

刘辰翁（1233—1297），字会孟，别号须溪，庐陵灌溪（今江西省吉安市吉安县）人，南宋末年著名词人。刘辰翁幼年丧父，生活贫苦却发奋读书，宋理宗景定三年（1262年）考取进士，由于寒门出身，性格孤傲耿直，遭受到权贵们的排挤。南宋灭亡之后，他隐居山林，闭门著述，以此终老。刘辰翁一生致力于文学创作和文学批评活动，诗词风格受苏东坡、辛弃疾影响颇深，创作风格取法苏辛而又自成一体，豪放沉郁而不求藻饰，真挚动人。著有《须溪先生全集》。

"殆尽冬寒柳罩烟，熏风瑞气满山川。天将化雨舒清景，萌动生机待绿田。"刘辰翁这首《七绝·雨水》，满溢着雨水时节元气淋漓的春意，烟柳、暖风、青山、流水、微雨、绿田，诗人通过这些雨水时节的物象，内心外化，按捺不住对春的喜悦之情。

民谚曰，七九六十三，路上行人把衣单。意思是说，天气转暖了，路上行人走得冒汗了，于是脱掉身上的厚衣服，只剩单衣。雨水节气，便在七九里头，正是诗人所言的殆尽冬寒。冬寒殆尽了，河边、道旁的柳枝吐翠，千丝万条，随风摇曳，犹如烟笼。

俗话说，有心栽花花不开，无心插柳柳成荫。在乡村，此时可以插柳了。柳往往与杨形影不离，看着杨柳，怎么看都不会是一路，无论从树的外形，还是从树的枝叶，尤其是树叶的生发与凋落，完全不在一个节拍上，可人们偏偏把它们扯在一起，这其中一定有其道理。在雨水时节，终于让我找到了它们的共同之处。

在柳树上，捡光滑匀称的柳棍砍下来，一根光棍躺在地上，俗称柳栽子，你若让柳栽子一直这么躺在地上，时间长了，它就是一根干木棍；你若把它栽植在土里，它就是一棵树。别的树木没有根是没法成活的，柳树却不同，它只要一根光棍，便可以落地生根，叶芽便在棍上吐出来，长成参天大树。柳树不但可以用木棍栽植，用柳条同样可以形成柳树苗。方法很简单，把柳条剁成一节一节的，砸在田地里，露出一点头来，民间称之为砸地牛，柳芽便会从露出的柳木上发芽抽枝，柳树这一特色，杨树完全有。在乡村，砸杨树地牛的，远远多于柳树，在用途方面，杨树比柳树更加实用。其实，杨柳通常指的就是柳树，而非杨与柳的合称，据说隋炀帝杨广开凿大运河，在河堤夹道栽植柳树，便以杨姓赐给柳树。

有时，用杨柳木条插一个篱笆院都能成活。当然，这与节气时令有关，雨水之时，天气回暖，雨水充沛，地气温和，适宜杨柳的栽插。

此时，远在山间的春笋，河滩的蒌蒿，在毛毛的细雨中，在熏风瑞气里，露出了春的生机。我读到刘辰翁的那句熏风瑞气满山川时，眼前便浮现出山间一棵棵破土而出的春笋，河滩片片青碧的蒌蒿。

背着竹篓从山间挖来新鲜的竹笋，挎着竹篮到河滩采来蒌蒿，年还在身后，感觉并未走远，腊肉香肠，配以时令野鲜，能品味出春天的味道来。

河中流淌着春水，水清冽，鱼鲜美，正可捕鱼。

村里有位善垂钓的老者，雨水时节一到，他便拿着小木凳到河边钓鱼。他是个有趣的老头儿，他钓鱼通常带着煤油炉、小锅、盐、筷子，自然少不了酒。到河边，寻一垂钓佳处（凭着他的钓鱼经验，知道哪里鱼多），摆好小木凳子，放好煤油炉，用锅舀河中的水，点火烧水，这才开始举竿钓鱼。好像鱼在排队等着他来钓，鱼钩一下水，便有鱼儿来咬钩，鱼儿一上岸，他便就地收拾好，放进小锅中，煮熟了佐酒。酒喝好了，他也收竿了，踩着深深浅浅的步子，回家。

他是乡村的闲人，农人却没有这么清闲。这个时节，农人会把粪摊开来晒一晒，早上摊开，晚上堆上，晾晒几天，推起来用泥封上，备着做作物的底肥；田里的活儿也出来了，要开始整歇茬的土地了。过去，农人对待土地非常的用心，推己及土，把土地视为亲人，人干活会累，地生长庄稼也会累，农人便让土地歇一歇，不让它播种，又怕野草乘机，便把土地翻耕起来，让它晒着太阳，舒舒服服地好好歇着。不像现在，为了追求经济效益，不但不让土地歇着，还想尽一切办法把土地利用起来，不给半点喘息的时间，间作套种，冬天塑料大棚聚温，夏天黑网大棚去热，土地没有力气怎么办呢？给土地吃各种各样的化肥，美其名曰科技种田，其实是违反了物候的天时，自然状况百出，只能喷更多的农药化肥解决，结果不可避免地陷入恶性循环之中。

那时，农人相信天时节令，跟着节气走，土地长庄稼累了，让它歇一歇，给它们上农家肥，也不在一块土地上重复种一种作物，今年种玉米，明年就栽山芋，后年点黄豆，春天该耕的耕，该种的种。就像诗人写的那样，天将化雨舒清景，萌动生机待绿田。

顽童指问云中雁

七绝·雨水时节

宋·刘辰翁

郊岭风追残雪去,坳溪水送破冰来。
顽童指问云中雁,这里山花那日开?

　　刘辰翁年少失孤,家境贫寒,期望通过读书步入仕途,宋理宗景定三年(1262年)及进士第,由于得罪了权贵贾似道,遭受排挤,便以老母年迈需要照顾为由,请求做濂溪书院山长。景定五年(1264年),应江万里之邀,他到福建做幕僚,德祐元年(1275年)五月,丞相陈宜中荐居史馆,辞而不赴。十月又授太学博士,其时,元军已兵临京城临安,未能成行。文天祥起兵抗元时,他曾做过短期的参谋,宋亡之后,隐居不仕,埋头著述。

　　人生如梦,纵观刘辰翁的一生,先遭家庭变故,后遇官场失意,最后面临南宋亡国,隐居乡野,其心境可以想见。现实冷酷无情,日子还得过下去,春回大地,雨水时节,大自然的生机活力渐渐消融了他心头的坚冰,心底荡起了圈圈涟漪,舒展了眉头,笑意亦爬上了眼角。

辑一　春雨惊春清谷天

郊岭风追残雪去，温暖的春风融化了郊外山边的残雪，也把他心头的坚冰消融了。山间的溪水欢快地流着，水流中还漂浮着留恋寒冬的碎冰，就像诗人看破了前尘往事，看着柳中飞燕，喜鹊踏梅，山谷中回响着清脆的鸟啼，超然忘我一样。

雨水节气，是该听听鸟鸣了，"卧听百舌语玲珑，已是新春不是冬"，循着鸟声，走进旷野，山青了，水绿了，天蓝了，脚下的泥土松软了，杂乱无章的枯草下，小草已探出头来，麦田里的麦子，在春阳下碧波荡漾，谁家的水牛在歇茬的稻田里低着头吃草？一群白鹭围绕着它翩翩飞舞，有的落在它的背上，有的落在它的头上，有的落在它的犄角上，水牛似乎并不理会，好像还很享受。野地里，有人拿着苗篮在挑野菜，蒲公英、荠菜，鲜嫩着呢。

陌上花开，可缓缓归来矣。田间的小路上，三三两两，那是接女儿回家的，年节过去了，眼看着要忙着春耕了，乘着这点空隙，接女儿回来小住几天。这一习俗，也不知始于何时，过去女儿回家，要么娘家人去接，要么婆家人送，少有自己回来的，哪里像现在，只要是想回去，什么时候都可以，不拘时，不拘地。即便是如此，习俗到底还是习俗，一码归一码，尤其是新出嫁的女儿，还是要接的，此风，在乡村依然吹着，不绝如缕。

此时，大雁北归。大雁是群居的鸟类，候鸟，秋季它们

从遥远的北方成群结队飞向温暖的南方越冬，春天从南方飞归。

大雁从南方飞回北方，飞越长江，飞到黄淮地区的上空，正赶上雨水的节气，遥遥地听到大雁的啼鸣，抬头把目光伸向长空，幽蓝的天空上，一群大雁，或排成"一"字，或飞成"人"字。大雁是非常有灵性的鸟儿，它们团结友爱，相互帮助，它们之所以不断改变飞行队形，是因为想借助着风力，而不停地变换头雁，则是为了更好、更有利地保存体力。它们飞鸣着，相互鼓励，相互招呼，怕队友掉队。大雁飞过的时候，天空似乎也有了生命，雁群会在夜间悄悄地落在麦田里，一天，我在麦田里看到遗落一大片大雁屎，还有被吞食过的麦苗，便知道，大雁在此歇过脚。

这种场景，也只有在记忆里了。而今，也不知天空想干什么，各种各样的电磁波在它面前窜来窜去，各种有色的、无色的，有味的、无味的莫名其妙的气体，也在它那里云集，可就是再见不到大雁的声影，再听不到大雁的啼鸣。

还是刘辰翁诗中的顽童有福，抬头看着群飞的大雁，手指着大雁问，这里的山花什么时候能开？

万物有灵，人心与大自然的万物都是相通的。人类不能盲目自大，科学有时也不可靠，可靠的是时光，是依附时光的节气，在人类没有发现它之前，它就在那儿，始终都在那儿。

辑一　春雨惊春清谷天

归雁过山峰

雨水正月中

唐·元稹

雨水洗春容，平田已见龙。
祭鱼盈浦屿，归雁过山峰。
云色轻还重，风光淡又浓。
向春入二月，花色影重重。

元稹（779—831），字微之，别字咸明，唐朝诗人、文学家，曾与白居易一起共同倡导新乐府运动，世称"元白"，河南洛阳人。《全唐诗》存有他的诗830余首，有文集《元氏长庆集》传世。他的代表作传奇《莺莺传》（又名《会真记》），元代剧作家王实甫的《西厢记》便是取材于此。

"曾经沧海难为水，除却巫山不是云。取次花丛懒回顾，半缘修道半缘君。"估计这首诗没人不知道，尤其是前两句，更是家喻户晓，诗为何人所作，估计能给出答案的人不会很多，诗的原创者，便是《雨水正月中》的作者，唐朝诗人元稹。

说到元稹，无妨再多八卦一点，元稹与薛涛曾一度擦出爱情火花。元稹外任四川时，与薛涛相见，一见倾心，双双坠入爱河。后来元稹调离四川到了洛阳任职，劳燕分飞，靠鸿雁传书寄托相思。薛涛笺，一种殷红精巧的信纸，便是那时薛涛发明的，可见爱情的魔力之大。

开场白有点多，似乎有些喧宾夺主，回正题。随着诗人的诗句一起走进元稹眼中雨水节气，感受一下唐朝雨水节气的风物吧。

题目雨水正月中，道出了雨水节气的时间，二十四节气是用阴历来推算的，阳历与阴历有个时间差，阳历的元旦和阴历的春节，也就是年，不可能同步。"天增岁月人增寿，春满乾坤福满门"，春节的对联，说的是打春。年，只是一个喜庆的传统节日，春节这天未必就能赶上打春。实际上，阴历以打春为一年的起点，民间所说的打春，也就是历法上的立春。民间往往把春节与打春有意模糊一下，古代农人的时间观念并不是那么精确，白天看太阳判断时间，晚上靠星星月亮，通常都是把打鸣的公鸡当作钟表，时间多是大概念，诸如半晌、一个时辰之类。雨水节气，大约在阳历的2月20日左右，阴历的元宵节前后，元稹说的雨水正月中，一点也不错，地球悠然地绕着太阳转，亘古未变。

雨水洗春容，简短的五个字，内容却丰厚，春容是怎样的面貌？雨水如何洗出来的？未被雨水洗之前呢？这些诗人没具体交代，只有靠读者用想象来填充了，在此，不展开。看诗人接下来说的，平田已见龙，这句可以理解为第一句的答案，可答案依然是朦胧的，这就是诗人手法的高妙，亦实亦虚，虚虚实实，给人无限的想象。

平田已见龙，诗人貌似随手一指，田畴平旷，河流蜿蜒，青山隐隐，绿水悠悠便在目前。农耕文明的发展是缓慢的，元稹看到的景象，时隔千年，乡村的景致差不多还是如此，没有多少巨大的变化。

祭鱼盈浦屿，归雁过山峰。这两句，前者说的是习俗，后者言的是物候。祭鱼，即獭祭鱼。《礼记·王制》："獭取鲤于水裔，四方陈之，进而弗食，世谓之祭鱼。"水獭捉到鱼，放在岸边，看上去齐齐整整，像是在祭鱼，意思是说，时令到了雨水，便可以下水捕鱼了，冬天的鱼沉潜在水底，为保存能量，少运动，雨水之后，鱼开始活动，此时，鱼腹中无籽，肉质鲜美，正是捕鱼的好时节。这是千百年来，农人总结出来的经验，约定俗成，这种习俗或在某个地方依旧延续着。不过，像藏族有水葬的风俗，所以藏族人不食野鱼。

民谚曰：劝君莫打三春鸟，子在巢中盼母归；劝君莫食三月鲫，万千鱼仔在腹中。暮春时节，一般情况下是不提倡捕鱼的，是为了资源再生，说到底还是为了人的自身利益。据说蚂蚁食蚜虫时，也不是赶尽杀绝，还故意留一些蚜虫在枝叶上，有时蚂蚁还背着蚜虫到新的草木上去，可见世上万

物都有其生存的智慧。

　　雨水时节，大雁从遥远的南方北归，大雁是候鸟，它的体内有个生物钟，冬去春来，它体内的生物钟敲响了它们迁徙的钟声。大自然真的很神奇，农人根据大雁来去的规律，用以农事，诗人的归雁过山峰，正是雨水时节的征候。现在，人们很少见到大雁的身影了，是大雁改变它们的习性了还是别的什么原因，就不得而知了。

　　云色轻还重，风光淡又浓。大约诗人漫步在山野，举头望天，云卷云舒，极目远方，风景淡淡，可谓春景如画，面对着如此清疏淡远的孟春美景，不禁自语道：向春入二月，花色影重重。

　　元稹是个有趣的诗人，千年之后，读这首诗，仿佛还与他并肩而行，漫步在雨水时节的旷野中。

惊蛰

惊蛰，古称"启蛰"，标志着仲春时节的开始，此时太阳到达黄经345°，交节时间在阳历的3月5、6或7日。《月令七十二候集解》："二月节，万物出乎震，震为雷，故曰惊蛰，是蛰虫惊而出走矣。"古人认为是天上的春雷惊醒蛰居的动物，谓之"惊"。故惊蛰时，天气转暖，始有春雷，蛰虫惊醒。

惊蛰，轻雷隐隐初惊蛰

秦楼月·浮云集

宋·范成大

浮云集。轻雷隐隐初惊蛰。

初惊蛰。鹁鸠鸣怒，绿杨风急。

玉炉烟重香罗浥。拂墙浓杏燕支湿。

燕支湿。花梢缺处，画楼人立。

范成大（1126—1193），字致能，号称石湖居士，谥号文穆。平江吴县（今江苏苏州）人，南宋时期的名臣、文学家，他的诗文题材广泛，尤为擅长乡村题材，《四时田园杂兴》堪称代表，文风平易浅显、清新妩媚。与杨万里、陆游、尤袤合称南宋"中兴四大诗人"。著有《石湖集》《吴船录》等。

"浮云集。轻雷隐隐初惊蛰。初惊蛰。鹁鸠鸣怒，绿杨风急。玉炉烟重香罗浥。拂墙浓杏燕支湿。燕支湿。花梢缺处，画楼人立。"范成大的这片《秦楼月》，勾画了惊蛰时节的物候现象，读后便知晓，原来惊蛰连接着这么多自然的景象，而不是两个干瘪的方块字。

词中有闲云,有雷声,有绿柳垂杨,有啼鸣的斑鸠,有满树杏花,有燕支花,有庭院,有佳人,意象缤纷,把惊蛰烘托得诗意盎然。

这些斑斓的意象熏风般扑向我,扑开了我沉在心底有关惊蛰的记忆。

惊蛰,在黄淮一带的乡间称为启蛰,二十四节气中排第三,仲春,春天走到这儿,不深不浅,欲语还休,别有一番风情。

启蛰这种叫法似有古意,就像乡下许多方言,多是活在今人口中的古字。

冬眠的生物慢慢苏醒,蛤蟆启蛰了,长虫启蛰了,豆虫启蛰了……世界似乎一下子变得喧闹了起来。

民谚曰:二月二,龙抬头。民间的说法,龙抬头,预示着天开始行雷了。节气也正好赶上惊蛰。

家乡二月二,早上有炒花子的风俗。

二月初一晚上,便把去秋挂在屋檐下的玉米穗取下来,风了一冬的玉米,蹦干,好搓,金黄的玉米堆在簸箕里,备着明早炒。

不知道炒花子与惊蛰有什么关系,一辈一辈传下来,没人去问为什么,约定成俗,过日子,开心最好。

二月二,天还没亮,大人开始起来炒花子,小孩子也睡不着了,跟着爬起来,大锅大灶,灶膛烧大火,锅里翻炒的

藏在诗词里的二十四节气

黄沙，沙热了，把玉米倒进锅中，热沙加裹着金黄的玉米，随着铁铲子在锅中翻来覆去。一会儿，玉米的香味便在锅中弥漫开来，直冲鼻子，令人忍不住一阵猛吸，人正陶醉在玉米的香气中，突听砰的一声响，一粒玉米花从热沙中跳了出来，说时迟，那时快，紧接着就是噼里啪啦一阵紧锣密鼓，玉米花纷纷从热沙中跳出来。

后来，我想大约是农人想用玉米花的爆裂声，来与惊蛰节气呼应。

晚上，还有放刷把的习俗，刷把是高粱穗扎的，用旧了，敝帚自珍，留着到二月二的晚上放刷把。或许平时刷锅刷碗，高粱穗吸收了油脂，水分风干了，油脂却留在细枝梗里，燃烧起来，火特别旺。

平时，大人是不让小孩子玩火的，说玩火会尿床，其实就是怕小孩子不懂事，玩火发生火灾，二月二的晚上却是例外，可以尽情地跟着大人一起玩火。

天黑了下来，家家门前都是放刷把的，那时，谁家门前都有果木树，诸如枣树、桃树、杏树……放刷把通常以桃树为中心。

刷把点燃如同火炬，大人手持火炬，大声念道，刷刷把，琉璃灯，一棵蜀黍大半升。边念边把刷把抛向桃树顶，黑夜中，刷把闪着火红的光亮，从桃树枝间飞向高空，再划着美丽的弧线落下来，周而复始。小孩子跟着起哄，趁机捡起一只，胡乱地抛出去，刷把划出一条胡乱的火线，贼星似的，转瞬即逝。

那种场景可以想见，家家门前都在放，此起彼伏，大声唱和，欢声笑语，也算是惊天动地了。

惊蛰节气，不弄出一点动静，就不好意思叫惊蛰。

藏在诗词里的二十四节气

饮犊西涧水

观田家

唐·韦应物

微雨众卉新，一雷惊蛰始。
田家几日闲，耕种从此起。
丁壮俱在野，场圃亦就理。
归来景常晏，饮犊西涧水。
饥劬不自苦，膏泽且为喜。
仓禀无宿储，徭役犹未已。

韦应物（737—792），唐朝诗人。长安（今陕西西安）人，名门望族，青年时代曾做过唐玄宗的侍卫，仗势欺人，后改邪归正，读书为官，因出任过苏州刺史，世称"韦苏州"。有十卷本《韦江州集》、两卷本《韦苏州诗集》传世，诗风恬淡高远，以善于写景和描写隐逸生活著称。

青年时代的韦应物，曾给皇帝做过侍卫，仗势欺人，横行乡里,是个不折不扣的问题青年,后幡然悔悟,步入正途。

韦应物到滁州做了地方官,接触到社会底层的农人,真切地感受到"锄禾日当午,汗滴禾下土"是怎么一回事,也把文字上的时令节气落到了泥土里。

《观田家》便是在惊蛰的节气里,韦应物下乡看到农人辛苦劳作,触景生情,有感而发创作的,诗歌走心,接地气。

"微雨众卉新,一雷惊蛰始",微雨、春雷,点出了惊蛰时节。此时,诗人来到乡下,来察看春耕的情况。步入乡野,碧草青青,杏红柳绿,空碧云白,心底充满着喜悦之情。

到了田间地头,看到农人的繁重劳作,便觉得现实的耕作远比想象的要辛苦得多。"田家几日闲,耕种从此起","几日闲""从此起",可见诗人对农人艰辛劳作动了恻隐之心。

"丁壮俱在野,场圃亦就理。"农人是为了赶农时,时,机也,机不可失,时不再来。农人耕地整墒,播种施肥,青壮年劳力全都下田干重体力活,妇女儿童在家前院后的菜园子里,也忙着打理,大田种粮食,菜园种果蔬。这两句诗,诗人用白描的手法为我们勾画了一幅繁忙劳碌的农活场景。

"归来景常晏,饮犊西涧水。"农人在田里干活干到很晚,晚饭自然要吃得迟,干活回来,还要把牛牵到河边喝水。春耕,牛是农人的得力干将。

在我的记忆中,牛是有专人饲养的,为牛搭上草棚子,俗称牛棚。不干活的时候,要用心饲养,养牛千日,用牛一时,派它干活的时候也更有力量。牛不但能拉犁耕地，还会驾辕拉车，在农忙的时候，宁可亏待人，也不能亏待牛。

"饥劬不自苦，膏泽且为喜。"这两句诗，道出了农人乐观的生活态度，也表达了诗人对农人的欣敬之情。生活艰难了，扛过去，不抱怨，日子好过了，心满意足，懂感恩。这种感情在官员身上，是难能可贵的。

"仓廪无宿储，徭役犹未已。"在前面铺叙农忙及劳作的艰辛之后，诗人不禁感慨系之，笔锋一转，写到农人整日劳作，却家无隔夜之粮。农活已经够繁忙的了，还有大量的劳役等着他们。可见诗人是同情生活在底层的农人的。

"方惭不耕者，禄食出闾里。"俗话说，官出民，民出土。当官的吃老百姓，老百姓向土地里刨食，似乎是天经地义的事。可韦应物不这么看，他为不稼不穑的禄食者感到惭愧，这种见识，现在来看都不过时。

在惊蛰的节气，韦应物在乡间走了一遭，让我们看到了唐朝，在滁州的一个乡间，农人如何劳作的情景，这便是文字的魅力，何其幸哉。

始雷发东隅

拟古·其三

晋·陶渊明

仲春遘时雨,始雷发东隅。
众蛰各潜骇,草木纵横舒。
翩翩新来燕,双双入我庐。
先巢故尚在,相将还旧居。
自从分别来,门庭日荒芜。
我心固匪石,君情定何如?

陶渊明(352—427),字元亮,又名潜,靖节先生,东晋时期人,著名诗人、辞赋家、散文家。浔阳柴桑(今江西省九江市)人,他开创田园诗一派,可谓是田园诗的鼻祖,文学成就对后世影响极大,像王维、苏轼等大家都受到他的影响,传世作品共有诗125首,文12篇,编入《陶渊明集》。

藏在诗词里的二十四节气

　　陶渊明这首诗,是他九首拟古诗中的第三首,整首诗写的多是惊蛰节气的物象,语言浅白晓畅,平易近人,诗中除了"遘"有些生僻之外,其他的无不是寻常的字眼,隔着近一千八百年的悠悠岁月,而今读来,依然鲜活如初,毫无滞涩之感。

　　"始雷发东隅。众蛰各潜骇,草木纵横舒。翩翩新来燕,双双入我庐。先巢故尚在,相将还旧居",这些诗句,都不需要解释。不过,有后世考据家通过诗的写作时间、背景,目光深邃地看到诗人浅白文字背后隐含着的微言大义,其诗作于元熙二年(420年),时年,刘裕篡晋立国为宋,诗人从义熙元年(405年)弃官归隐田园,屈指算来,已有十五年之久了。

　　诗到底什么意思,只有诗人自己清楚,后世人解读前人诗文,如盲人摸象,摸到耳朵,大象就似扇子,摸到大腿,大象如同柱子,角度不同,个人的学养、经历、见识不同,感受也会不一样,见仁见智,无可厚非。

　　读此诗,着眼点在时令上,所见多是惊蛰节气的物象。春由浅入深,分为孟春、仲春、暮春,《论语》有"春三月,春服既成"的句子,三月为暮春,仲春便是二月,正好是惊蛰。仲春遘时雨,惊蛰时节喜逢春雨,始雷发东隅,说的是打春雷了。东隅,字面上是东方一角之意,汉字的妙处在于,无一字无出处,东,在汉语的语境里有着春天的意味,比如东风,指的就是春风。春雷滚滚的时候,冬眠的生物开始启蛰,草木舒展筋骨开始生发了，燕子也飞回来了，在我的屋子里，燕子的旧巢完好，也算是夫妻双双把家还了……

从这些诗句中，我们感受到千百年来，时光在流动，节气、物候却有所坚守，我们之所以看到这样的诗句感到亲切，没有距离感，因为春雨、春雷、燕子、树木花草……从未在节气里缺席过。

杏花枝头春意闹，惊蛰的雷声，不但惊动了冬眠的虫子，也惊醒了敏感的花木，杏花便应时而开。

过去，乡人多在家中栽植杏树。古人认为文字是通神的，暗含着天机，杏，与兴、幸谐音，谐音会意，杏蕴含着兴盛、兴旺、幸运、幸福之意，杏树，便是吉祥的树，是祥瑞的象征。再者，在果木中，杏树开花早，桃花开杏花败，杏花红艳，朝气，喜庆，花褪青杏小，杏子成熟了，可自食，也可以拿去换钱。

春二月，若少了杏花的装点，想来春色、春味，都会大打折扣的。物候是节气的形象，农人便是根据节气的规律来指导农事。

惊蛰节气，蚯蚓开始为大地松土了，农人自然也不会清闲。冬至数九歌中有，九九八十一，家里送饭胡里吃。由此可见，农人忙农活了，往田里运粪，在没有机械化之前，都是肩担人抬，一根扁担担在肩上，一对粪筐挑在两头，扁担在肩头颤颤悠悠。路，多是人踩出来的自发小道，也就是两只脚的

宽度，扁担衬着人的脚步，如踩着钢丝，节奏感十足，人担着担子，不时地换肩，反倒给人一种悠闲自在的感觉，不像挑着百余斤的重担。

把粪挑到田地里，还要匀开，匀好之后，或用牛犁，或用锹挖。过去干农活，效率很低，活也繁重，当然，农人就是要与土地打交道。俗话说，有活干，有饭吃，活路活路，有活就有路，他们不怕磨时间，他们怕耽误了农时的节令。

施肥耕地，整墒播种，土地是公平的，不会欺人，也不会负人，种瓜得瓜，种豆得豆。惊蛰的雷声，就是节气的号令。

春分

春分，古时又称为"日中""日夜分""仲春之月"，一天时间白天黑夜平分，春分又是春季九十天的中间点，平分了春季，故称春分。此时，太阳位于黄经0°，交节时间为3月20日或21日。《月令七十二候集解》云："春分，二月中。分者，半也，此当九十日之半，故谓之分。秋同义。"汉董仲舒《春秋繁露·阴阳出入上下》云："至于中春之月，阳在正东，阴在正西，谓之春分。春分者，阴阳相半也，故昼夜均而寒暑平。"

春分，明朝种树是春分

春日田家

清·宋琬

野田黄雀自为群，山叟相过话旧闻。
夜半饭牛呼妇起，明朝种树是春分。

宋琬（1614—1673），字玉叔，号荔裳，山东莱阳人，清顺治四年（1647年）考取进士，曾做过四川的按察使，也就是省级司法部门的一把手，是清初著名诗人，清八大诗家之一，著有《安雅堂集》《二乡亭词》。他进京述职期间，吴三桂兵变，家人死于那场战乱，他听闻噩耗，一病不起，死于非命。

"野田黄雀自为群，山叟相过话旧闻。夜半饭牛呼妇起，明朝种树是春分。"时令走到春分的节点，便步入了春季中点了，立春已被甩在了身后，也把孟春的清寒丢了。天气和暖，草长莺飞，昆虫开始活动了，鸟儿们成群结队飞向山野、田畴、树林，聚在一起开个会，相约一起去寻找可口的美味——那些蠢蠢欲动的昆虫。

辑一　春雨惊春清谷天

　　山乡野老们不约而同地走出家门，也像鸟雀一样，三三两两聚在一起闲话，说些陈芝麻烂谷子的旧事，说来说去，三句话不离本行，话题一定会转移到农事上。

　　晚上回家，上床睡觉，半夜便醒了，再也睡不着了，干脆起床，到牛棚里去喂牛，把老伴也喊起来，套牛拉车赶集买树苗，节气到了春分，该栽树了。

　　清人宋琬这首《春日田家》，充满了浓郁的生活气息，闭门造车，无论如何也写不出这种味道，尤其是"夜半饭牛呼妇起"，老农可爱的形象跃然纸上，春分时节栽树，怎么就让老农如此激动呢？

　　从诗的三四联可以推测到，老农与他的老哥们闲聊了什么。聊天看似漫无目的，无边无际，说古道今，总有个基本点。春分节气，话题自然要落在春分上，老农在未闲聊之前，或许日子过得糊里糊涂，不知初一、十五，从聊天中，他捕捉到一个让他睡不着的信息，时令已到了春分，要栽树了。

　　栽树，对农人来说，是一件造福子孙后代的大事。前人栽树，后人乘凉，所以农人对栽树极为上心。

　　宋琬是清初人，生于明末，距今 400 余年，时间并不是太长，可从他的诗句中，可以发现清人植树比现在迟了一个节气。

　　而今，我们的植树节是 3 月 12 号，阴历的二月初，是在惊蛰节气里，是什么原因让我们植树提前了半个月呢？

藏在诗词里的二十四节气

我是给不出准确的答案，有人说，诗歌是文学艺术，允许虚构夸张，不能穿凿，或许吧，我也只是好奇心起。

在我的记忆里，儿时黄淮地区的冬天，河里结着一层厚厚的冰，俗称河道封凌，可以跑冻，不是跑一天两天，是可以跑一个多月的冻。在教室里读书，手都冻僵了，抓不住笔，脚冻得跟猫咬了似的，不禁想跺脚，一个人起头，全班人效仿，教室里响起整齐的跺脚声，老师也跟节奏，在讲台上跺。立春了，天气依然寒冷，民谚曰：立了春，瞎欢喜，还有45天的冷天气。

而今，河水很少有结冰的机会了，冬天都不大冷，春天也只得顺应潮流了，天气变暖了，栽树就提前了，当然，现在更崇尚科学，不能老是翻着老皇历。

据说科学的栽树时间，是在树木冬天休眠的时候，树睡着了，人们把它连根带土挖下来，移栽到别处，等到春天，万物复苏，树也醒了，发现有点不对劲，好像换了个环境，以为还在睡梦中呢。我觉得这种说法更具文学趣味，细细想来，似乎也有道理。

其实，植树节亦不过是人为设定的，并不是说，非要到此日方可栽树，它的意义似乎在于提醒人们要爱护自然。自古以来，一般都在春季里栽树，时令节气是铁定的自然规律，局部微调可以，不遵守时令，怕是不行。

水面初平云脚低

钱塘湖春行

唐·白居易

孤山寺北贾亭西，水面初平云脚低。
几处早莺争暖树，谁家新燕啄春泥。
乱花渐欲迷人眼，浅草才能没马蹄。
最爱湖东行不足，绿杨阴里白沙堤。

白居易（772——846），唐代大诗人，字乐天，号香山居士，又号醉吟先生，祖籍山西太原，曾祖父时迁居下邽（今陕西渭南），生于河南新郑。其诗歌题材广泛，形式多样，语言平易通俗，素有诗魔之称，代表作有《琵琶行》《卖炭翁》《长恨歌》等，有《白氏长庆集》传世。

"孤山寺北贾亭西，水面初平云脚低。几处早莺争暖树，谁家新燕啄春泥。"读白居易的《钱塘湖春行》，仿佛是在观赏唐朝时春分节气杭州西湖的风景。

春水初涨的湖面，低垂的云脚，春阳下的树木，鸣叫的

藏在诗词里的二十四节气

黄莺,水边啄泥筑巢的春燕,杂花生树,野草青青,白杨绿柳……

这些景象,让我产生一种错觉,感觉时光静止了,何曾流动过。看来,沧桑的是世事。无可奈何花落去,似曾相识燕归来。

每个节气都会有它的物候,时令来了,该谢幕的谢幕,该粉墨的粉墨,变中有不变,不变中有变,自自然然。

谚曰:桃花开,杏花败。嬉闹在惊蛰枝头的杏花,在春分时节便开始纷纷凋落。一夜春雨,映在清溪里的桃枝,便鼓出了粒粒粉红的花苞,羞怯怯的,欲语还羞,微微的风来,淡淡的清香拂过,似乎是一眨眼的工夫,桃花便来到了舞台中央,舞起广袖。

装扮鲜亮的黄莺跃上了柳枝。

柳树,家乡称为顺河柳,大约是柳絮飞落河畔,岸边水土滋润,容易生根发芽,那种柳树并非是让人观赏的垂柳,而是枝干向天可当材的杨柳,是东坡先生笔下"牛衣古柳卖黄瓜"的古柳,枝杈如芒,刚劲有骨力,俏丽的黄莺喜欢飞落到古柳枝上亮嗓子。

好鸟相鸣,嘤嘤成韵。春天,成双成对的鸟儿,在树枝间飞来跃去,对歌谈情。人亦效仿鸟儿,"月上柳梢头,人约黄昏后",到底没有鸟儿那般明快敞亮。

黄莺,古人称为仓庚,《诗经》有"春日载阳,有鸣仓庚"。

春天，似乎是恋爱的季节。恋爱，便是动了春心，萌了春情，春花盛开，是花儿在恋爱，鸟儿啼鸣，是鸟儿在恋爱……

岸柳如烟，碧草青青，双双燕子从烟柳里飞过，来个蜻蜓点水，掠过水面，明亮的阳光洒在黑色的羽翼上，像是要把柔和的阳光剪断似的，用剪刀来形容燕子的飞翔，若非亲见，无法体会其中妙处。

《礼记·月令》中有"仲春之月，玄鸟至"。玄鸟是什么鸟？也许玄机就在一个玄字上，玄者，黑也。神秘的玄鸟，可不就是穿着黑色礼服的燕子吗？

燕子，也真够玄的，它对节气的感知，人类也只能望其项背。仲春之时，耳边突然响起熟悉的叽叽的鸟声，抬头一看，燕子飞回来了。更不可思议的是，它居然知道自己的旧巢。它是如何做到的？万物有灵，其中的玄妙，怕是说不出来的。

过去，乡村建房，多是黄土筑墙茅盖屋，堂屋大门上留有燕路，关门落锁，不至于把燕子留在屋外。四墙上留着小窗口，俗称雀户眼，是专为麻雀预留的通道，乡人把它们视为亲友。

一大早，农人便舀出半瓢秕谷撒向院中，鸡鸭欢快地飞奔而来，落在屋顶、树上的麻雀亦立即飞身落下，与鸡鸭一起抢食。燕子蹲在晾衣绳上，叽叽地唱着，不时地禽动着长长的燕尾，农人立在门口，春日的阳光照在他的笑脸上。

藏在诗词里的二十四节气

春分,大自然馈赠给人的美味开始上餐桌了。紫红的香椿嫩芽在香椿上伸出了小手,像是在与春风打招呼,春风正在桃花里沉醉,却把人惊动了,采摘下来,开水烫一下,切碎拌豆腐,或炒鸡蛋,用清水洗净,裹着面糊油炸,时令美味,春的鲜香。

溪头堰边,野生的荠菜混在杂草里,不知是不是在等待着人来挖它,我觉得应该是,碧绿狭长花儿模样的叶子,水灵灵的,妩媚可人,看一眼,便令人垂涎,用小铁铲小心翼翼地挖出来,根白叶翠,清水洗过,更显俏丽鲜嫩,用来做馅包包子,至味也。

春分时节,还有个有趣的习俗——立蛋,就是把鸡蛋竖起来。这是大人小孩子都喜欢玩的游戏,儿时,我也玩过,连遭失败,便失去了兴致。

因何在春分节气可以立蛋,原来魔术师就是春分。春分,太阳位于黄道0度的"春分点"上,阳光直射赤道,使地球引力增强,蛋就更容易立住。

仲春,白居易在绿杨阴里的白沙堤上漫步,看风景,我在读他的《钱塘湖春行》时,思想不禁开了小差。

雨霁风光春分天

踏莎行·雨霁风光

宋·欧阳修

雨霁风光,春分天气。千花百卉争明媚。

画梁新燕一双双,玉笼鹦鹉愁孤睡。

薜荔依墙,莓苔满地。青楼几处歌声丽。

蓦然旧事上心来,无言敛皱眉山翠。

> **欧阳修**(1007—1072),北宋文学家、史学家,唐宋散文八大家之一,字永叔,号醉翁、六一居士,谥号文忠,世称欧阳文忠公。吉州永丰(今江西省吉安市永丰县)人。主修《新唐书》,撰写《新五代史》,有《欧阳文忠集》传世。

闲愁,是一种美好的情怀。

此情无计可消除,才下眉头,却上心头。

欧阳修这首词,便是写了一位在雨过天晴的春分时节,面对着大好春光,"蓦然旧事上心来"的青楼女子。

古代的青楼女子,多指表演歌舞杂戏的艺人,有才情风

骨，如薛涛、严蕊，卖艺不卖身。宋朝崇尚文化，文人墨客是青楼里的常客，像宋朝的大词人柳永，被青楼女子所追慕，以能与他一起饮酒唱和为荣。那种专操皮肉生意的妓院称为窑子，依门待客，和青楼不在一个档次上。

欧阳修词中的女子，大约就是这样怀有才情的青楼女子。粗鄙之人，哪里会有什么闲愁可起，闲愁可不是随随便便就能生的。云无心以出岫，鸟倦飞而知还。是什么让这位佳人如此感伤呢？

不错，是春分节气的美景。

仲春，雨过天晴，阳光明媚，群芳争奇斗艳，双燕绕梁，墙上爬满碧绿的木莲，院中苍苔点点，处处生机勃勃，欣欣向荣。但美好的事物大都易逝，如同青春，当有人在赞叹花开之美时，有人却在为花儿将凋零伤感。

人生的态度不同，看到的事物就不一样。不过，春分时节，大方向是生长的、向荣的，是冉冉东升的太阳。

民谚曰：春分春分，小麦起身。

返青肥追过之后，小麦开始进入快速生长期。小麦越冬时，麦苗是趴在土地上的，作物自有它的生存法则，韬光养晦时，就乖乖地伏在那里，不动声色，即便是外边充满了诱惑，也要不为所动。

十月小阳春，小麦有时也会误判形势，开始生长，农人便会用碌碡去镇压，把它们压扁，农人用这样的方式告诉小麦，时机不对,不可妄动。即便是立春、雨水、惊蛰,小麦也要小心,因为随时都可能来个倒春寒。

春到中分,小麦的生长时机便到了,可以昂起头来做小麦了,天空高远,有劲你就往上蹿,麦田边的蚕豆,看着小麦疯长,也按捺不住了,还有俗称乌龙头的豌豆苗,嫩嫩的梢头,细须袅袅,油菜花开始吐蕾,青萼裹着明黄的花瓣,蝴蝶早已闻讯赶来了,蜜蜂似乎比蝴蝶先到了一步,在油菜花田间嗡嗡叫着,想把所有的油菜花蕾都唤醒。

小孩子爬上村头的柳树,折下光滑的柳枝,拧柳笛。也就是在这个时候,可以拧柳笛,柳骨与皮开始松动,用手拧一拧,皮与骨便有了间隙,用嘴咬住一头,把枝骨抽出来,柳枝的空囊便是一管柳笛。

骑在牛背上,吹着柳笛,牛在河滩上悠然地吃草,小孩子在牛背上忘情地信口乱吹,高一声,低一声,长一声,短一声,不成曲调,却也开心。

吹得口苦舌干,从牛背上跳下来,到河边寻找酸柳吃。酸柳,一种可食的野草,卵状的叶片,毛茸茸的,色暗绿,叶中有黑痣,味道酸酸的,酸中隐着点点甜意。薅一棵在手,吃着玩,吃着吃着,牙被酸倒了,也不自知,回家吃饭时发现牙要罢工,才知道,贪嘴了。

杨树上,结满了杨穗,耳坠一般挂在树枝上,随风飘舞着,又像风铃。嫩杨穗是可以吃的,用开水氽,除去苦涩,切碎与黄豆或豆钱子（压扁的黄豆）同炒，吃起来，有野趣。

在孩子眼里，春是趣。有一天，小孩子步入了人生的春天，明白了青春是怎么回事时，春天怕是另一番滋味了，就像欧阳修笔下的青楼女子。

当青春期遇到仲春期，生点闲愁又如何！

清明

清明，太阳到达黄经15°，交节时间在4月4日或5日。清明兼具自然与人文两大内涵，既是自然节气点，也是传统节日，与端午节、春节、中秋节并称为中国四大传统节日。《月令七十二候集解》云："清明，三月节。按《国语》曰,时有八风,历独指清明风,为三月节。此风属巽故也。万物齐乎巽，物至此时皆以洁齐而清明矣。"《历书》曰："春分后十五日，斗指丁，为清明，时万物皆洁齐而清明，盖时当气清景明，万物皆显，因此得名。"

清明，梨花落后清明

破阵子·春景

宋·晏殊

燕子来时新社，梨花落后清明。池上碧苔三四点，叶底黄鹂一两声，日长飞絮轻。巧笑东邻女伴，采桑径里逢迎。疑怪昨宵春梦好，元是今朝斗草赢，笑从双脸生。

晏殊（991—1055），字同叔，封临淄公，谥号元献，世称晏元献，抚州临川人，北宋著名文学家、政治家。晏殊以词著于文坛，尤擅小令，风格含蓄婉丽，与其子晏几道，被后世人称为"大晏"和"小晏"，又与欧阳修并称"晏欧"，工诗善文，存世有《珠玉词》《晏元献遗文》《类要》残本。

晏殊这首词，就像风趣幽默的微电影小品，充满了戏剧性，包袱含着包袱，一波三折，令人开颐。

故事发生的时间是在清明时节，镜头的远景是隐隐一抹青山，柳丝飘舞，燕子双飞，镜头一摇，一树树雪白的梨花，

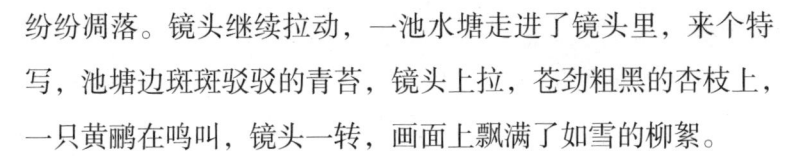

纷纷凋落。镜头继续拉动，一池水塘走进了镜头里，来个特写，池塘边斑斑驳驳的青苔，镜头上拉，苍劲粗黑的杏枝上，一只黄鹂在鸣叫，镜头一转，画面上飘满了如雪的柳絮。

此时，画面上走来了两个人，在桑田的小路上，两人相逢，笑意满脸的女孩子面对着镜头，一女子背对着镜头，画外音从背对镜头的女子口中传出来，莫非她昨晚做了美梦，笑得如此甜美，画外音刚落，便听女子问：什么事这么开心？今早斗草赢了，女孩子转脸走出画面，背着镜头的女子转过身来，笑眯眯地目送着女孩子的背影。

这部微电影，通过两个乡村女孩子桑田相遇的故事展现了一幅清明节气风物民俗的画卷。

清明节气，柳树开始吐絮了，似花还似飞花，在空中飞舞，纷乱如雪，在背风处集结，打着卷，滚成球，随风起伏。三月不来，柳絮不飞，柳絮在等着清明，"昔我往矣，杨柳依依"，柳絮似乎从《诗经》一直飘飞到今天，落到河岸、堰脚、庭院，落到诗文里……

柳对清明似乎心存了感恩，自古清明都有插柳的习俗，柳才可以生生不息。

民谚有"清明不插柳，死后变黄狗"。乡间，孝子的孝棍，便是柳木棍，孝棍插在坟墓边，长成一棵柳树，守护着坟茔。

清明是自然的节气，亦是我国的传统节日。清明节，慎终追远，为先人祭扫，烧纸钱，送鲜花祭品，为坟墓除草添土，

尽孝道。

  各地有各地的祭扫习俗。胡兰成在《胡村月令·清明》中写道:"上坟做菁饺,我小时就管溪边地里去觅艾菁。菁饺与上坟用的酒馔,只觉是带有风露与日晒气的。还有是去领清明猪肉与豆腐,上代太公作下来的,怕子孙有穷的上不起坟,专设一笔茔田各房轮值,到我一辈还每口领得一斤豆腐,半斤猪肉,不过男孩要上十六岁,女儿则生出就有得领,因为女儿是客,而且虽然出嫁了,若清明恰值归宁在娘家,也仍可以领。若有做官的,他可以多领半斤,也是太公见子孙上达欢喜之意。我母亲把这些都备办好了,连同香烛纸钱爆竹,及上坟分的烧饼,都把来装在盒担里,由四哥挑了,一家人都去上坟,母亲是只上爷爷娘娘的坟。她也去,因为她是新妇,此外她是留在家里看家。"从文中可了解到浙东地区清明祭扫的习俗,一个大家族集体去祭扫,有着隆重的仪式,做菁饺,做豆腐,还有香烛纸钱爆竹,那时,女人是不能参加祭扫的。

  清明作为传统节日,很隆重。读书的时候,每年的清明节,学校都会组织学生到烈士陵园祭扫烈士墓,学生自己动手扎花圈,在烈士陵园里,一个班级一个方队,大家都屏气敛声,平时调皮捣蛋的同学,也都一脸的肃穆,听老军人讲述陵园中烈士的英勇事迹,事后,还得写作文。

  现在,许多节日的传统气氛都淡了,包括春节。唯独清明节的氛围依然浓烈,人只有知道何来,方明白何往。

清明节气的物候，无论如何绕不过桑树，桑树在清明时节开始放叶，叶子嫩绿鲜亮，叶片上一层绒绒的细毛，潮潮的露水附着在绒毛上，阳光下闪着光亮，带着露水的桑叶是不能喂蚕的，早上采桑叶，回家都要摊开晾。

蚕虫刚从蚕种中孵化出来，极小，小得肉眼几乎看不到，隐约着有一点黑的痕迹，仔细观瞧才会发现黑痕在蠕动。这时要采枝头的嫩叶，用剪刀剪成细丝，放在竹筐里，用鹅毛把蚕扫到桑叶丝上，次晨一看，小蚕已清晰可见。两天以后，可直接撒桑叶喂食，个体的蚕不大，吃桑叶也不会发出声音，众多的蚕在一起食桑，则犹如细雨洒在桑田里，唰唰地响。

蚕农养蚕十分辛苦，蚕的食量非常大，大到匪夷所思的程度，桑叶不能缺，就要去采桑，采来桑叶，不只是喂，还要为蚕清理粪便，换框子，蚕一天天长大，框子一天天增多，夜里，还要喂两遍。

从某种意义上说，尊重劳动果实，就等于尊重劳动。碗里的饭，身上的衣，都要珍惜，不能浪费。

晏殊这首词中，有一句"元是今朝斗草赢"。斗草，清明时玩的一种游戏，又称斗百草，何时开始，无考。李白的《清平乐》：禁庭春昼，莺羽披新绣，百草巧求花下斗，只赌珠玑满斗。由此可知，唐朝便开始有斗草游戏。五代时，南汉主刘鋹在皇宫后苑遍植奇花异草，每值春深花繁时节，他就会组织一班宫女斗花取乐。早晨打开后苑大门，他一声令下，

宫女们蜂拥而入随意采摘.到规定的时间锁上门,宫女们被集中起来,在大殿中比胜负。《红楼梦》中也有斗草的文字,宝玉生日,众姐妹们忙忙碌碌安席,饮酒作诗。各屋的丫头也随主子取乐,薛蟠的妾香菱和几个小丫头各采了些花草,斗草取乐。

斗草,怎么玩法,估计没有统一标准。这种遗风,至今还在乡野间保留。在我的记忆里,小时候便玩过斗草的游戏,拔下一棵草,掐断草茎,一长一短,攥在手中,齐头露出虎口,让伙伴猜测,哪根长哪根短;也可以这样玩,掐一根草茎,握在一手中,当然,要把双手放在背后做,不能让伙伴窥到,双手握拳伸到面前,让玩伴猜。猜对了,大笑,猜错了,亦大笑,极有趣,好像小孩子玩什么都有意思。

读晏殊这首词,觉得晏殊是个有趣的人,清明,在他的文字里是活的,散发着民间的烟火气息。

乱山深处过清明

渔歌子·日出西山雨

宋·苏轼

日出西山雨,无晴又有晴。

乱山深处过清明。不见彩绳花板、细腰轻。

尽日行桑野,无人与目成。

且将新句琢琼英。我是世间闲客、此闲行。

苏轼(1037—1101),字子瞻,又字和仲,号铁冠道人、东坡居士,世称苏东坡、苏仙,谥号"文忠",眉州眉山(今四川省眉山市)人,祖籍河北栾城,北宋著名文学家、书法家、画家,豪放派词人的主要代表之一,唐宋八大家之一。存诗3900余首,有《东坡七集》《东坡易传》《东坡乐府》《潇湘竹石图卷》等传世。

太阳还在天空挂着,西山却下起了雨,说不是晴天,有太阳,说是晴天,又下雨,山乡的气候够怪的。在偏僻的山村过清明,少了应酬礼节,词人却倍感轻松。

没事的时候，到桑野中走走，路上也碰不到人，便琢磨刚得来的诗句，原来我就是一个世间的闲人，清闲自在。

言为心声，这个清明，东坡先生过得悠闲，似乎在无晴（情）中获得了有晴（情），既来之，则安之，放下就好，青山在，人未老。

词中有词人悠然的形象，还有清明节气的物候以及风俗。

清明时节雨纷纷。清明，雨水多了起来，大自然奇妙，它知道此时万物皆渴，尤其是农作物。一边出太阳，一边下雨，在平原地区出现这种情况一般都在盛夏，一片乌云飘来了，雨噼里啪啦地落了下来，不远处，朗朗的晴空，阳光高照，而在山区，清明节气，便有了。

清明节气，雨水、光照都强了，为彩虹的现身提供了必要条件。《月令七十二候集解》中说："虹，虹蜺也，诗所谓螮蝀。"《注疏》曰：是阴阳交会之气，故先儒以为云薄漏日，日照雨滴则虹生焉。今以水喷日，自剑视之则晕为虹。朱子曰：日与雨交倏，然成质，阴阳不当交而交者，天地淫气也。虹为雄色，赤白，蜺为雌色，青白，然二字皆从虫。《说文》曰：似螮蝀状，诸书又云尝见虹入溪饮水，其首如驴，恐天地间亦有此种物也。

彩虹，清明节气的征候也。

清明雨，淅淅沥沥的，雨不大，不疾不徐地下着，一下就是半天，有时会连下多日，土地就成了泥潭，鸡过来，地上留下鸡爪印,猪过去,猪蹄印留在地上,牛一踩一个水坑,人都打着赤脚出门。院子被踩烂了,就用铁锨踏平,刚踏平,猪拱门而入,在院中溜达一圈,羊也来凑热闹,院子又花了,还得用锨踏平。

阴天下雨,散养的猪随处走,走着走着,尾巴一抬,一泡屎就落到地上,村人又有事情干了,也多了一个职业——拾粪。

拾粪,村子干净了,粪攒起来上地,人也有事干了,省得下雨天闲着没事,聚在一起赌钱。

杨柳早就青青了,桃花都落了,满树绿茵茵的,梧桐却始终一丝不挂地站在天地间,成了另类。清明的雨水浇过来,一下子把它淋醒了,拿起衣服胡乱地往身上套,结果穿错了,拿了一件花衣服。

梧桐是先开花,后生叶。

梧桐的花,好看,别致,一嘟嘟,一串串,花呈喇叭状,花香也别具特色,隐约有中草药的香气。

清明,春天走深了,光照足,雨水充沛,农作物真正的春天来了。民谚曰:清明前后,麦三节。小时候,好奇心重,真的到麦田里去数过,撅着屁股,埋着头去察看,到底小麦有没有三节,在麦田中随机抽查,真的长出了三节。

麦田绿油油的,那种绿,是充满了活力动感的绿,间种在麦垄里的豌豆,挑芯生长,梢头袅袅,青绿肥嫩。在麦田

藏在诗词里的二十四节气

里，可以掐豌豆苗吃，掐一把，塞进口中，大嚼，甜滋滋的，绿色的汁液顺着嘴角往下流，真是一件开心有趣的事。

清明节气吃豌豆苗，没有人去过问，相反还会被鼓励，因为豌豆苗再生能力强，掐去一个头，可以分蘖更多，豌豆秧子就会增多，豌豆荚也会多。

民谚曰：三月三，茄子葫芦往下安。到了清明，意味着瓜果蔬菜可以下地了，辣椒、茄子、南瓜、黄瓜、花生、棉花、土豆等等。

清明节气，江南有蒸青团、煮乌饭、荠菜花煮鸡蛋的风俗。

生长在南方的一种野草，俗称牛毛雪，密集生长，样子像小麦，只是叶子狭长了一些，碧绿碧绿的，清明时，割下来榨汁，汁液青碧，与糯米粉和面，揉搓成团，上锅蒸，谓之青团，清明时节，江南的街市、大型超市都有卖，过时就没有了。

青团，从里到外的青，纯天然的青，不是染出来的，吃到嘴里，也是满口的清香。

乌饭，乌桕叶捣烂挤出汁液，与米拌在一起，或煮或蒸，米粒乌黑发亮，称为乌饭。乌饭树，灌木，生长在山里，汁液是绿的，煮出来的饭，却黑而亮。大自然就是这么神奇、任性。

野菜，到了清明节气，似乎走到临界点，清明之前，是野菜，清明之后，便成了野草，像茶一样，明前茶就金贵些，光阴是无法回头的。荠菜积极响应节气的号令,一到清明便开花,铲下来,洗净与鸡蛋同煮,据说吃了有明目之效。

马兰头、芦蒿、水芹之类的野菜,清明节气里,依然鲜嫩。

东坡先生在词中提到了彩绳花板。彩绳,估计是五彩绳;花板,不知是不是木刻花板,既然出现在清明节气的词中,或是当时清明节气的一种风俗,大约是失传了,或仍然活在偏僻的乡野里。

谷雨

谷雨，二十四节气中的第六个节气，也是春季最后一个节气，太阳到达黄经30°，交节时间为4月20日或21日。《月令七十二候集解》解释谷雨节气为："三月中，自雨水后，土膏脉动，今又雨其谷于水也……盖谷以此时播种，自下而上也。"谷雨有"有雨百谷生"之意，此时节的雨往往就如诗中所说的"好雨知时节，当春乃发生"，滋润着百谷茁壮成长。

谷雨，秀麦连冈桑叶贱

蝶恋花·春涨一篙添水面

宋·范成大

春涨一篙添水面。芳草鹅儿，绿满微风岸。

画舫夷犹湾百转。横塘塔近依前远。

江国多寒农事晚。村北村南，谷雨才耕遍。

秀麦连冈桑叶贱。看看尝面收新茧。

"春涨一篙添水面。芳草鹅儿，绿满微风岸。画舫夷犹湾百转。横塘塔近依前远。江国多寒农事晚。村北村南，谷雨才耕遍。秀麦连冈桑叶贱。看看尝面收新茧。"范成大的这首《蝶恋花·春涨一篙添水面》，就是一幅乡村谷雨节气的水彩画。

暮春，雨水丰沛，尤其在江南，水网密布，大河涨水小河满，画船在河道穿行，水面涨了一篙，河岸绿草如茵，一群杏黄色的小鹅在河岸吃草，微风拂面，满眼苍翠，船在蜿蜒的河上游移，横塘的高塔映在眼帘。

初春的水乡，乍暖还寒，气候不稳定，忽冷忽热，不少农事都要往后推迟。到了谷雨,才把该干的农活落实了,谷雨时节,小麦开始疯长,碧色连天,桑树枝繁叶茂,养蚕人便不会为桑叶发愁,词人似乎看到了小麦、蚕收获的场面。

范成大对时令节气、农事熟稔于心,词写得清新自然,乡村的景象无不是鲜活的,隔着八百多年的光阴依然栩栩如生。

时光如流,世事沧桑,多少事物被湮没了,节气里的物候却告诉人们,太阳每天都会升起来,变与不变都是相对的。被岁月湮没的,会以另外一种形式出现,雨水落到地上,雨不见了,云却浮在天边。

四季轮回,每个节气都有它的节点,年年岁岁花相似,岁岁年年花不同。节气的语言就是天成的诗句,诗无达诂,要用心去细细品味。

谷雨,炕房里的鸡苗、鸭苗、鹅苗孵出来了。

炕房师傅担着挑子,麦草编制的浅浅的笼扇,有三四层,或更多,挑着鸡苗、鸭苗、鹅苗在乡村里吆喝叫卖,买小——鸡咪,买小——鸭,声音悠悠长长,仿佛要把村子绕几个来回。

或被人叫住,停在一株老柳树下,浓荫匝地,放下担子,取出折子圈在地上,打开鸡苗的笼扇,鸡苗拥拥挤挤在笼子里,一身的鹅黄,叽叽喳喳地叫着,师傅用手把鸡苗抄到折子里，鸡苗仿佛一下子变大许多，鸡苗在折子里摇摇晃晃，两只细嫩的鸡腿勉强地支撑着肥嘟嘟的身子。看着可爱的鸡苗，农人心里就痒痒了，尤其是妇女，看着鸡苗，心里便盘算着小鸡长大生蛋的情景。

那时，买鸡苗是不给现钱的，赊账，张三二十只，王二三十只，都记在本子上，约定麦收或是秋收以后来收账。

鸭苗、鹅苗多在水乡买卖，鸭子、鹅喜水，范成大的词中有"芳草鹅儿"的句子，那是在江南水乡，卖鸭卖鹅，很自然的事。

清明前后麦三节，到了谷雨，麦子的个头基本上就长成了，开始孕穗，准备扬花了，麦子乌青，麦芒青碧，麦花细碎微黄，缀在麦穗上，花蕊随风飘散，田间弥漫着麦花的香气。此时，春蚕也将要成熟，俗称上山。

蚕到五龄，开始成熟，五龄，指的是蚕蜕了五次皮，蜕一次皮，差不多要休息24小时，休息的时间，称为蚕眠，醒来吃桑叶，叫启眠。

作茧自缚，蚕在茧里吐丝，春蚕到死丝方尽，感人。蚕吐丝时，环境要安静，据说震动噪音都会影响蚕吐丝。

乡村本来就是安静的，养蚕还有专门的蚕室，蚕上山吐丝时，把门关上，不让小孩子进去，蚕吐完丝，茧就结成了，农人开始忙着摘茧、卖茧。

蚕茧卖罢，小麦差不多要开始收割了。

辑一　春雨惊春清谷天

"秀麦连冈桑叶贱。看看尝面收新茧。"收过新茧，吃新面的时候，节气早已过了谷雨。

千山响杜鹃

送梓州李使君
唐·王维

万壑树参天,千山响杜鹃。
山中一夜雨,树杪百重泉。
汉女输橦布,巴人讼芋田。
文翁翻教授,不敢倚先贤。

王维(701—761),河东蒲州(今山西运城)人,祖籍山西祁县,唐开元十九年(731年)的高考状元,唐朝著名诗人、画家,字摩诘,号摩诘居士,因担任过尚书右丞相,世称"王右丞",笃信佛教,有"诗佛"之称,与孟浩然合称"王孟"。今存诗400余首,苏轼评价:"味摩诘之诗,诗中有画;观摩诘之画,画中有诗。"有《王右丞集》《画学秘诀》传世。

"万壑树参天,千山响杜鹃。山中一夜雨,树杪百重泉。汉女输橦布,巴人讼芋田。文翁翻教授,不敢倚先贤。"王维的诗,诗中有画,从这首《送梓州李使君》可见一斑。千山万壑,古木参天,杜鹃飞鸣,一夜春雨,山林的树梢雨水滴落,犹如万道清泉。画面恢宏,格调高雅,气韵生动。

一般的送别诗,都会写得悲切伤感。王维一反常态,为好友李叔明赴任梓州饯行,酒过三巡,王维说,梓州这个地方好,风景秀美,民风淳朴,汉家女向官府交纳用桐木花织成的布匹,听说巴人常为了芋田发生诉讼,你此去赴任,要因地制宜,做出一番业绩。

诗人送别李叔明是在谷雨节气,诗中有谷雨节气的典型物候——"千山响杜鹃"。杜鹃,即是民间所说的布谷鸟,一种候鸟,每年的谷雨节气出现在天空中,未见其影,先听其声,远远地从田野里传来,咕咕咕咕咕的叫声,声音急促,有淡淡的悲伤。农人从布谷鸟的叫声里听出了落谷插禾,像是发出节气的时令,让农人抓紧农时。

谷雨,天气从暖走向了热,雨水充沛,农人开始小秧落谷了,也就是为水稻育苗。农人把收藏的水稻种子拿出来,倒进缸水中选种,饱满的都沉在缸底,秕谷就会漂起来,把秕谷用笊篱捞出来,留着喂鸡。

这时往往稻秧板田已整好,一方一方的,稻种撒上去,水稻喜水,水自然要把秧板包围。稻在水中生根发芽,绿油油的稻苗,在水中冒着头,随着风摇头晃脑的,可爱极了。

小荷才露尖尖角。水塘里的藕开始发芽了,藕芽要在水中走一段水路才可以冒出水面，藕没冒芽时，水塘是平静的，不以为是藕塘，藕芽出水了，便把隐藏水底的藕暴露了出来。

中午放学，脱光衣服，下水塘摸藕，顺着藕苗，脚在软泥下踩，当脚下感觉有硬物顶脚，一猛子扎下水里，用手把藕从泥中抠出来，在池水中洗净，生吃，脆甜。菱角秧也浮出了水面，如法炮制，可在软泥中抠出老菱，两角，壳硬色黑，状如牛角，用线串着，就是一个有趣的小玩具。

开窗面朝圃，把酒话桑麻。桑树正茂，麻才开始播种。麻，在农作物中，长得清秀、挺拔、俊逸，两三米高，直溜溜的，皮青杆直，叶片呈鸡爪状。初秋之时砍下来，去除叶子，捆成捆，放在水中沤，沤到麻皮与麻秆不再粘连，就算沤好了。

与麻一起种植的还有苘麻，俗称苘，用途跟麻差不多。其实，它与麻没什么关系，叶呈心形状，互生，花从叶间生，是鲜亮的黄花，花腿苘果生，杯子状，色青，未老时，苘果籽雪白，吃起来甜滋滋的，可当零嘴，老了，籽粒变黑，也不好吃了。苘割下来，也是要在水中沤的。

麻皮、苘皮，可以直接用来搓绳子，经过加工之后，亦可以用来纺线织布。王维的诗中，"汉女输橦布"，橦布，即是橦花织成的布。又称寳布。《文选·蜀都赋》："布有橦华，面有桄榔。"刘渊林注："橦华者，树名橦，其花柔毳，可绩为布也。出永昌。"苘、麻的用途，差不多就像四川的橦花。

山芋，又称番薯、红薯，川渝一带人称为洋芋。栽种山芋，和水稻先落谷一样，也要先培育山芋苗，山芋苗可栽植了，山芋的母体也就腐烂了。栽山芋前，要扶山芋埂子，山芋苗就栽在土埂上。

诗中"巴人讼芋田"，就是农人因栽山芋发生的纠纷。

王维若不对农事、时令节气熟稔于心，大约这首诗就不会如此自然流畅。

一壶新茗泡松萝

谷雨

清·郑板桥

不风不雨正晴和,翠竹亭亭好节柯。
最爱晚凉佳客至,一壶新茗泡松萝。
几枝新叶萧萧竹,数笔横皴淡淡山。
正好清明连谷雨,一杯香茗坐其间。

郑板桥(1693—1765),清代书画家、文学家,原名郑燮,字克柔,号理庵,又号板桥,人称板桥先生,江苏兴化人,祖籍苏州。郑板桥是康熙时期的秀才,雍正时期的举人,乾隆元年(1736年)考取进士,外放山东范县、潍县做县令,政绩显著,后客居扬州,以卖画为生,为"扬州八怪"重要代表人物,代表作品有《修竹新篁图》《清光留照图》《兰竹芳馨图》《甘谷菊泉图》,著有《郑板桥集》。

不知因何,郑板桥在我的印象里,一向是清高、古板、不苟言笑的人，读了这首《谷雨》，他的形象在我心底发生了变化。

在不风不雨正晴和的谷雨节气里，翠竹青青，新篁妖娆，坐在院中，面前泡一壶新茶，夕照融金，晚风生凉，竹影映在地上，心情无疑是惬意的，若有好友来访，品茗清谈，就更好了。这种场景其实也是诗人构思的画境。

郑板桥，是个有趣味、有情义、有生活情调的妙人。

再回头想想他那首"衙斋卧听萧萧竹，疑是民间疾苦声。些小吾曹州县吏，一枝一叶总关情"（《潍县署中画竹呈年伯包大丞括》）。一枝一叶总关情，没有生活情趣，怎么会有这样美好的句子。

郑板桥这首《谷雨》让我们感受到了谷雨时节的清新、明朗、温暖，还有风雅的气息。春天本来就是一首诗，谷雨，就是春天诗行中的最后一行，诗的最后一句，总是言有尽而意无穷，令人回味。

谷雨，新篁挺直了腰身成竹了，到底比旧竹显得嫩了一点，枝叶水绿，不像旧竹子绿得沉着冷静。

春季是开花的季节，竹子却拒绝开花，竹子的美在枝叶、在竹竿，竹竿挺拔有节气，枝叶秀美有灵气，可竹子一旦开花，就意味着竹子的死亡。

红了樱桃，绿了芭蕉。谷雨节气，樱桃开始成熟了，一嘟嘟樱桃，橘红色，掩映在绿色的樱桃叶间，看着就诱人，

更诱小鸟，黄鹂飞过来，借着密密的叶子，偷啄樱桃。

说鸟儿偷食樱桃或是人的思维，樱桃树栽在大地上，人围起了一圈墙，就被人占去了，鸟儿却不这么认为，在鸟儿的眼里，地上所有的果子，都是鸟儿的。

鱼在水中咬尾，水中漂浮着成片的鱼子，当你走到水边，发现水里成群的小鱼在水中游动，麦糠一样，若不是脊背上有点黑痕，很难发现那是小鱼。

成群的黑鱼在水中集体游动，母鱼就在鱼群的底下，黑鱼孵出小黑鱼时，眼睛就瞎了，无法捕食，小黑鱼就会主动游到母亲的嘴中，为母鱼充饥。民间也据此把黑鱼视为孝鱼，少有人吃。

小溪里，水草随着水流摆动着，在水草的闪动中，露出游动着的黑色的小蝌蚪。时间如流水，当时光之水流到夏天的属地，小蝌蚪就变成了小青蛙，或者是小蛤蟆。

长鱼，在谷雨的时候，肉质最为鲜美。这一时期，水塘边常有钓长鱼的人，细细的钢条制成的鱼钩，把上有鼻，线穿鼻而过，系成圈，圈套进手脖子里，为了防止鱼钩脱手。

钓长鱼时，以蚯蚓为鱼饵，一整条蚯蚓穿在鱼钩上，钓者拿着穿有鱼饵的钩子，探着身子在水塘边找长鱼洞。这需要经验，知道什么样的洞是长鱼洞，有没有长鱼，有的洞可能是长虫的洞穴。水塘里，野生的浮萍、水葫芦开始浮在水面了，靠近水边的，时常有猪来到塘边吃。

生活本身充满了诗意，翻过谷雨，春季这部诗集，也就合上了书页。

辑二　夏满芒夏暑相连

立夏

　　立夏，预示季节的转换，标志着夏季的开始，此时太阳到达黄经 45°，交节时间在 5 月 5 日或 6 日。立夏节气在战国末年就已经确立了，古书有云："斗指东南，维为立夏，万物至此皆长大，故名立夏也。"《月令七十二候集解》中解释说："立，建始也。""夏，假也，物至此时皆假大也。"这里的"假"，即"大"的意思，是说春天发芽生长的植物到此已经长大了。立夏时节气温明显升高，雷雨天气增多，农作物进入生长旺季。

立夏，夏木已成阴

立夏日忆京师诸弟

唐·韦应物

改序念芳辰，烦襟倦日永。
夏木已成阴，公门昼恒静。
长风始飘阁，叠云才吐岭。
坐想离居人，还当惜徂景。

立夏，是春与夏永别的地方，自此一别，便是经年。人在季节交替的时间，难免怀人，万物有灵，人与大自然有相通的地方。韦应物就在立夏时节，想起远在京师的友人。

"改序念芳辰，烦襟倦日永。夏木已成阴，公门昼恒静。长风始飘阁，叠云才吐岭。坐想离居人，还当惜徂景。"都说惜春悲秋容易让人感伤，韦应物却面对着立夏的景象心生烦闷，看来人情绪的波动是不分季节的。

立夏了，春去了，有些怀念春天了，夏日的白昼真长，迟迟也不黑天，故而心生烦闷。绿树浓阴，衙门静悄悄的，风从高楼飘来，云雾弥漫着山岭。诗人坐在衙门里，回想着远在京城的友人，还应该珍惜失去的光景。

让韦应物烦襟的，并非立夏的物象。诗的开头，诗人就给出了答案，"改序念芳宸"，表面上是说，节气改换了，从谷雨到了立夏，有些想念过去的春天，实则是说，从京都外放到了地方，还是想念京城的生活。

这么理解诗歌，诗意一下子就通了，诗人是借着立夏的物候表达自己的心情。立夏节气到了，花草树木，农事之类，该怎么着还怎么着，不会因为诗人的心情而发生稍微的改变。

立夏，白昼越来越长，光照的时间越来越多，农作物开始疯长，小麦开始灌浆；稻田里，水稻绿油油的，在烈阳下，又绿又亮；牛拴在树荫下，春玉米已有大腿高了。

乡村已被绿树包围了，槐花已经开了。槐树有两种：一种是国槐，俗称笨槐，国槐是长寿树种，叶子一联联，开白花，未绽开时称槐米，国槐的花，是中药材。还记得小的时候，到野外去钩笨槐花，在长长的竹竿上绑着一根铁钩子，开花时的槐树枝很脆，用铁钩子钩住有花的枝子，用力一拉，啪的一声脆响，接着就听扑通一声，枝子落到了地上，把花采下来，晒干，就可以拿去卖，大自然就是人类的宝藏。

第二种是洋槐，顾名思义，是外来户，却在中原大地上落地生根，洋槐花比国槐花洋气一些，一嘟嘟，一串串，花又香又甜，叶片也比国槐来得大，来得绿亮一些。蜜蜂喜欢洋槐花，只要洋槐花开，就有嗡嗡的喧闹的蜜蜂围绕着。洋槐花蜜，便是洋槐与蜜蜂协作的结果，洋槐花还可食，做槐花饼，炒鸡蛋，都是不可不尝的时令美味。洋槐叶与花，亦是羊的最爱，夏天雨水多，无法放羊，地都成了泥地，便用钩子钩洋槐树枝，抛进羊圈里，羊就不再叫唤，洋槐叶、洋槐花是可以让羊闭嘴的，人却做不到。

紫云英也开始开花了，苔米般细碎的叶组成一柄联状叶片，莹莹的绿，旺盛的蔓子，肥肥的，毛茸茸的，手感有些锉，刺人。在一眼望不透的田地里，紫云英的梢头努力地向上翘着，估计是在追随太阳，可惜太阳太高，它又太低，始终昂着头，渴望着什么，花在蔓节中顶出，一穗一穗的，紫色，又不完全，仿佛隐者雪青，大约着染了曦光。穗状的花柱上，分列着无数细长的微张着的花苞，风铃般，似乎随时就会发出丁零零的声响来，翠色中，氤氲着一层淡淡的紫气，如岚，弥漫着清香。

好像蜜蜂为了采蜜，没有底线，哪里花香，哪里花开得盛，它们就往哪里飞，一眼望不到头的紫云英成为花田的时候，这里也是蜜蜂的世界，蜜蜂把最好的蜜，贡献给了人。

紫云英的梢头，嫩时可食用，味道不俗。掐下来的嫩头，用开水一烫，斩成段，放姜丝葱末，浇香醋老抽，加适当的细盐一拌，吃时再淋几滴麻油，滑爽，清脆，后味有点苦涩，却恰到好处。

没等紫云英花开败,农人便把它们耕埋了起来,紫云英成了土地的美餐,滋养着土地,让土地长出更好的庄稼。

有一天,韦应物明白了这些,他的心情一定会变得很美好,事实就是如此,他的那首《滁州西涧》,就悠悠然。

绿阴幽草胜花时

初夏即事

宋·王安石

石梁茅屋有弯碕,流水溅溅度两陂。
晴日暖风生麦气,绿阴幽草胜花时。

王安石(1021—1086),字介甫,号半山,封荆国公。世人又称王荆公。北宋临川盐阜岭(今江西省抚州市临川)人,中国古代杰出的政治家、思想家、改革家、文学家,唐宋八大家之一。欧阳修称赞王安石:"翰林风月三千首,吏部文章二百年。老去自怜心尚在,后来谁与子争先。"传世文集有《王临川集》《临川集拾遗》《临川先生文集》等。

初夏,也就是说节气从谷雨步入了立夏。王安石的这首《初夏即事》,写的便是立夏节气的事物与情景。

一条弯曲的小溪,溪上有石桥,桥畔有茅屋,潺潺的溪水流入水塘。晴暖的天气,风吹过来,一阵阵麦香,天清气朗,绿树浓阴,芳草萋萋,远远胜过花草初成的春天。

立夏水塘的荷叶,高低参差,或亭亭如盖,或躺如圆盘,或才露尖尖角。青蛙蹲在水面的荷叶上，准备跳走，大约没想好要往哪儿跳，犹豫着，不是发出呱呱的蛙声，叫一声，嘴边就鼓出气泡，就像小孩子吹起的泡泡糖，收放自如，很有趣。

晚上，坐在池边的柳树下，月亮洒了一地的白光，池边的草露出暗暗的痕迹，微风吹来，有淡淡的水草腥气，四处静寂，蛙声格外的清脆。蛙是少有独唱的，多是合唱，好像是相约好似的，高低中音和鸣，正叫得起劲，突然停顿了，像一刀砍下来似的，整齐划一。此时，远处传来的蛙声填补过来，耳朵刚有片刻的清净，合唱又起来了。

蛙声阵阵，一点也不假，急一阵，缓一阵，密一阵，疏一阵，可人听着，一点也不觉得烦，人在蛙鸣中，心情是放松的，生出几分闲适。

麦田里的小麦，已经开始灌浆，麦穗的麦芒已经变硬了，手掌轻轻按着麦芒，感觉麦芒扎手，手捏着麦秆，用力一提，麦穗秆便被拔了下来，麦秆在麦秸里的部分白白的，放在嘴里咂嚼，甜滋滋的，麦穗靠近鼻子，有麦子的清香。这便是王安石的"晴日暖风生麦气"的麦香之气。

立夏，在过去，不但是节气，也是传统的节日，位列"八节"之中，所谓"八节"，即元宵、清明、立夏、端午、中秋、重阳、立冬、春节。现在，法定的传统节日只剩下时节了，元宵、立夏、重阳、立冬不享受法定假期的待遇，民间的习俗还保留着。对终岁劳碌的人们来说，节日是个身心放松、休息的机会。

古代，立夏之日，帝王要率文武百官到京城南郊，举行盛大的迎夏仪式。君臣一律穿大红色礼服，配朱色玉佩，连马、车辇都披红。宫廷里"立夏日启冰，赐文武大臣"，意味着以冰消暑，也就是一种仪式，意义在于象征。

江浙一带，因大好的春光明媚过去了，人们未免有惜春的伤感，故备酒食为欢，好像送人远去一般，名为饯春。吴藕汀《立夏》诗："无可奈何春去也，且将樱笋饯春归。"

立夏，开启了夏季的大门，人们为了平安度夏，立夏日，民间有许多饮食方面的习俗。

民谚曰：立夏胸挂蛋，孩子不疰夏。疰夏，是夏日常见的毛病，腹胀厌食，乏力消瘦，小孩尤易疰夏。

绍兴一带，立夏午饭要吃糯米饭，饭中掺杂豌豆。桌上煮鸡蛋、全笋、带壳豌豆等特色菜肴，必不可少。乡俗蛋吃双，笋成对，豌豆多少可不论。

鸡蛋如心状，吃鸡蛋补心气，春笋能破土，有韧力，双腿也像春笋那样健壮有力，能涉远路。带壳豌豆形如眼，吃豌豆以祈眼睛如豌豆，滴溜溜的有神。沪地农人用麦粉和糖制成寸许长的条状食物，称"麦蚕"，人吃了，可免疰夏。

湖南长沙，立夏日，有吃糯米粉拌鼠曲草做成的汤丸的习俗，名"立夏羹"。民谚说：吃了立夏羹，麻石踩成坑；立夏吃个团，一脚跨过河。意喻力大无比，身轻如燕。

湖北省通山县民间把立夏作为一个重要节日，通山人立夏吃泡（草莓）、虾、竹笋，谓之"吃泡亮眼，吃虾大力气，吃竹笋壮脚骨"。闽南地区立夏吃虾面，即购买海虾掺入面条中煮食，海虾熟后变红，为吉祥之色，而虾与夏谐音，以此为对夏季之祝愿。

立夏节气，天气是热的，民俗是暖的。"绿阴幽草胜花时"，王安石的话，我信。

草深无处不鸣蛙

幽居初夏

宋 · 陆游

湖山胜处放翁家,槐树阴中野径斜。
水满有时观下鹭,草深无处不鸣蛙。
箨龙已过头番笋,木笔犹开第一花。
叹息老来交旧尽,睡来谁共午瓯茶。

"湖山胜处放翁家,槐树阴中野径斜。水满有时观下鹭,草深无处不鸣蛙。箨龙已过头番笋,木笔犹开第一花。叹息老来交旧尽,睡来谁共午瓯茶。"陆放翁的这首《幽居初夏》,相当于给读者发了他家的定位,时间是在初夏时节。

有湖有山,一条小路通向村头高大的槐树。放翁的居住环境真没的说,好像古代的居住环境都挺好的,那时的清风明月,单纯洁净,水质清洌,下田干活不用带水,到水沟渠塘边,直接用手捧起就喝。哪怕杜甫被秋风所破的茅屋,居住的条件简陋寒酸,但这是物质的匮乏,与居住环境没有什么关系。就像现在,即便是住别墅,雾霾也不会退避躲开,水依然得重重过滤才放心。陆游住处不远,有湖,夏日涨水,湖水差不多平地,水与草都是翠绿的,陆游闲来观看白鹭在水面飞舞,白鹭的影子映在湖面,一个天上,一个水里,有趣极了。湖边的青草深处,不时传来阵阵蛙鸣。山上,头茬的竹笋好像刚砍过,第二茬又要长起来了,夏笋长得就是快,辛夷花在立夏时节,刚刚开放,满枝满树。

面对着立夏节气的乡村美景,放翁还是生出了一些感叹,岁数大了,至交好友都故去了,午觉醒来,谁跟我喝茶闲话呢?

陆游可以感慨,也有感慨的资本,农人在立夏节气里就没有时间生这般闲情了,地里的许多农活在等着他们,时令在催着他们。

葱要育苗了,葱是两年生草本植物,种生。第二年开花结种,葱开着球状花,种子便藏在花球里,采下来,在簸箕里晾晒干,把种子搓出来,装在小布袋里,挂在屋墙上,等着播种的机会。

地挖好整平,分成条块状,撒上葱种,上边盖上一层薄薄的湿土。俗话说:菜二。意思是说,菜撒下种子,两天就会出苗,若过了两天不出苗,大约相当于孵蛋二十一天不出鸡。民间把葱称为旱龙,就是说,葱耐旱,不看老天的眼色。大家都有这样的经验,买来的葱,随手丢在厨房里,过了一段时间,老的葱叶干枯了,新的葱叶又长了出来,没有土、水,就凭空气里的那点潮气,就能活得好好的。葱苗却怕旱喜水,葱苗喝饱水之后，能让人联想到郁郁葱葱之类的成语，原来这类词语都是葱苗浇水灌出来的。

葱苗长大后，拔出来，还要重新栽植一次，葱才能长大，俗称压葱。栽葱，民间是没有这样说法的。栽葱，在方言里有跌倒、摔跤的意思，形容一个人摔得很狼狈，通常会说，此人摔个倒栽葱。压葱，把培植葱的技术动作和要领都含在里边了，压葱需要挖沟培埂，沟的深度就是葱白的长度，让葱苗躺在土埂上，根部放在沟里，用土压上。农人压葱时，季节差不多入夏了。

芹菜，亦是立夏节气种植的，芹菜的芹谐音勤，芹菜也是勤菜，懒汉就别种了。芹菜也是可以移栽的，不过，它不像葱是必须移植，农人把芹菜叫作百水菜，意味着芹菜要浇一百次水才可以吃到嘴，种芹菜，不勤劳是不行的。也不知列子因何想黑芹菜，让芹菜与农人一起躺枪。谁知盘中餐，粒粒皆辛苦。农人体会最深，蹲着吃饭、舔碗，这些不可思议的习惯是有其道理的，我觉得所有的劳动都应该得到尊重。

姜，亦是这个时令种植的。姜要先发好芽，才能种下地，姜喜欢肥沃的土地，种姜的地都以豆饼做底肥，还有鸡粪。姜栽好之后，要插上草帐子遮光。姜喜水怕涝，因此，种姜是要有点技术与经验的。姜有着山的形状，体态很美，姜这个字，也给人一种别致的印象，姜是美女。古代一位楚国人，看着姜如此美，认定是树上结的，而不是土里长出的，哪怕输掉一头驴。姜的茎秆似竹，叶子亦神似，碧绿的姜地，似有着竹林的神韵，阴凉又潮湿，蛤蟆、青蛙喜欢到姜地里去躲避阳光，顺便也把姜的害虫吃了。

陆游有"草深无处不鸣蛙"诗句，有时姜地里也会有蛙声传出来。在阵阵蛙鸣声中，夏季渐渐长大。

小满

小满，是一个与农业生产关系十分密切的节气，此时太阳到达黄经60°，交节时间在5月20日或21日。元代吴澄《月令七十二候集解》中这样注解小满："小满，四月中。小满者，物至于此小得盈满。"这里的四月指的是阴历四月，这句话是说夏熟农作物到了阴历四月中旬的时候籽粒变得饱满，但并没有完全长成，所以叫"小满"。

小满，最爱垄头麦

小满

宋·欧阳修

夜莺啼绿柳，皓月醒长空。
最爱垄头麦，迎风笑落红。

"夜莺啼绿柳，皓月醒长空。最爱垄头麦，迎风笑落红。"小满时节，夜是沉静的、明亮的、饱满的，杨柳依依，夜莺啼鸣，明亮的月光，把夜空擦得透亮。

小麦顶着沉甸甸的麦穗，在风中自豪地摇摆着，好像是在笑随风飘荡的落英。

欧阳修仅仅用了四个动词，"啼""醒""爱""笑"，便把小满节气的景物写活了，亦把小满写活。诗人对小满节气的喜爱之情跃然纸上。

民谚曰：小满麦也满。小满时节，小麦已经完成了灌浆，麦粒日趋饱满。此时的小麦，给人一种沉稳的感觉，微风中，麦穗只是晃动一下脑袋。此时，掐一只麦穗，抠下一粒麦子，放在嘴里嚼，麦粒已经对牙齿有了一丁点儿的抵抗，只等着毒辣辣的太阳，劈头盖脸地晒它几日，麦穗便会由青转黄，就像是怀胎十月的孕妇，等待着产期。

此时，黄瓜正迎来它瓜生中最辉煌的时刻，瓜藤粗壮，瓜叶肥厚浓绿，饱满的汁液似乎随时都会流出来。嫩嫩的梢头，沿着瓜架往上爬，翠叶间，隐约鲜黄的花，一朵朵都顶在嫩绿黄瓜的头上。

黄瓜喜水，头天晚上还是一拃长的小瓜，晚上浇过水后，次晨一看，已有尺许。黄瓜长成了，就要摘下来，免得留在瓜藤上影响小瓜生长。所以黄瓜的采摘周期非常短，早晚各浇一次水，黄瓜从结纽到长成，也就三五天的事。俗话说：瓜儿离不开秧。秧藤的每一节都生有瓜叶，瓜叶间都会生瓜，还不止一只，从底向上赶着长，瓜长成就摘，农人每天都有瓜可卖。

牛衣古柳买黄瓜。苏轼的诗句是写实的。时至今日，这种情景，在乡村依然屡见不鲜，路边，树荫下，铺上草苫子，黄瓜刚从地里采摘下来的，顶花带刺，瓜青花黄，看着一眼，脚步就停住了，再看一眼，脚步便来到瓜摊前，卖瓜的多是老者，小伙子拉不下脸面，也没那个耐性。

枣树在夜莺的叫声中醒来，觉得有件事要做，枣花便开了，黄黄的枣花，细细碎碎的，隐约在枣叶间，暖风吹过，枣花的清香随风飘散。院前的枣树开花了，消息传到院后，院后的枣树也不甘落后，不知是枣花的香气，还是蜜蜂，或者是蝴蝶透露出去的消息，整个村庄的枣树都开花了，还有村外

路边的、溪边的。

在小满到来的时候，杏开始变黄了，这种杏，有个诗意的名字——麦黄杏。它要赶在麦黄之前成熟，小麦成熟了，农人就没精力理会它了。

麦黄杏，这个名字一定是农人给起的，吃完麦黄杏，小麦就黄了，可以开镰了。过去，农人过着自给自足的生活，很少买卖东西，除非自己吃不了了，农人栽杏树就是为了自己吃，当然主要是解孩子的馋。

桃子不急不忙，藏在绿叶间，满身的茸毛。大自然中，每种生物都会有自己的本能，蘑菇为了生长，能散发一种物质，抑制它周边花草的生长。桃子为了不受到侵害，浑身长满了茸毛，人若用手触摸它，毛就会刺激你的皮肤发痒，不挠还好，越挠越痒，越痒越想挠，俗称刺弄人，令你非常不好受，知道它不好惹，下次，你就不会去碰它了。

桃子成熟了，皮色就会发白，白里透红，肉汁饱满，引诱着人、鸟、猴子来吃它，桃子用它甘美的肉汁来换取桃核落地，以延续下一代。

最爱垄头麦，迎风笑落红。每个节气都有着自己的故事。

梅子金黄杏子肥

四时田园杂兴·其二

宋·范成大

梅子金黄杏子肥，麦花雪白菜花稀。
日长篱落无人过，惟有蜻蜓蛱蝶飞。

"梅子金黄杏子肥，麦花雪白菜花稀。日长篱落无人过，惟有蜻蜓蛱蝶飞。"范成大的这首诗，写的是江南小满节气的风物。

"黄梅时节家家雨，青草池塘处处蛙。"梅子金黄时，江南一带开始进入连阴多雨的季节，这种天气有个充满诗意的名字，叫黄梅天。

黄梅天，雨水多，空气湿度大，物品极易受潮霉烂，梅雨故又叫"霉雨"。明代谢武林的《五杂俎·天部一》中有记述："江南每岁三四月，苦霪雨不止，百物霉腐，俗谓之梅雨，盖当梅子青黄时也。自徐淮而北则春夏常旱，至六七月之交，愁霖雨不止，物始霉焉。"

汪曾祺先生有一文《昆明的雨》，昆明的雨季很长，并不使人厌烦。"（雨）是下下停停、停停下下，不是连绵不断，

藏在诗词里的二十四节气

下起来没完，而且并不使人气闷。我觉得昆明雨季气压不低，人很舒服。昆明的雨季是明亮的、丰满的，使人动情的。城春草木深，孟夏草木长。昆明的雨季，是浓绿的。草木枝叶里的水分都到了饱和状态，显示出过分的、近于夸张的旺盛。"

昆明到雨季时，梅子亦成熟了。"雨季的果子，是杨梅。卖杨梅的都是苗族女孩子，戴一顶小花帽子，穿着扳尖的绣了满帮花的鞋，坐在人家阶石的一角，不时吆喝一声："卖杨梅——"声音娇娇的。她们的声音使得昆明雨季的空气更加柔和了。昆明的杨梅很大，有一个乒乓球那样大，颜色黑红黑红的，叫作"火炭梅"。这个名字起得真好，真是像一球烧得炽红的火炭！一点都不酸！

同样的雨季，也都是梅子成熟时，人的感觉却是不一样的，江南的黄梅天，实在是令人厌烦的。

汪曾祺先生在小满节气里，在苏州的洞庭山吃过那里的杨梅，味道比不上昆明的火炭梅。一方水土养一方人，说到底，是一方人吃了那方的粮，喝了那方的水，长久地沉浸在那方的环境中，人才有了一方的属性。

杏子，并非江南独有，南方的杏子可以担当起一个"肥"字，北方的杏子却少了那么一点点自信。江南不但杏肥，桃子亦肥，江南的桃子，在小满节气就早早上市了，北方的桃子尚处在"类人猿"时期，一身的毛。

"麦花雪白菜花稀。"诗句中的"麦"，不要以为是小麦，小麦在小满节气，麦穗已经趋于成熟了，何况小麦的花也非白色，那是什么麦呢？是荞麦。

荞麦，早在两千多年前，古代先民已开始种植了，陕西咸阳杨家湾四号汉墓中便发现了荞麦的种子。唐代开始大面积种植，就像今天大面积种植小麦一样，农作物也是随着时代的变迁，不断发生着变化。《诗经》的《豳风·七月》中："黍稷重穋，禾麻菽麦。"远古的先民以黍、稷、菽、麦为主粮，诗经中的麦，指的就是荞麦。

荞麦喜凉爽湿润，不耐高温旱风，畏霜冻。荞麦是需水较多的作物，需水量比玉米多差不多两倍，比小麦最少也要多一倍。尤其是在开花结果期间，更要消耗大量的水分，土地不湿润不行，雨量也要充沛。

荞麦的这些生长习性，适合江南。从范成大的诗句中可以推测到，那时，苏州大量种植荞麦。现在，很少能看到荞麦的身影了，荞麦从主粮旁落到杂粮的行列。

油菜花，现在江南地区依然大量种植，不过，油菜是油料作物。范成大的诗句中说"菜花稀"，用当代的眼光来看，南宋时的油菜成熟时间比现在要迟一点。现在的小满节气，油菜花差不多要收割了，最起码油菜荚已籽粒饱满。

"日长篱落无人过，惟有蜻蜓蛱蝶飞。"这两句放到今天，情景也是写实的，阳光把篱笆的影子慢慢地拉长了，也不见有人走过来，只有蜻蜓蝴蝶自在地飞舞着。人都到田里去忙农活去了，哪像范成大这么悠闲。

藏在诗词里的二十四节气

绿槐高柳咽新蝉

阮郎归·初夏

宋·苏轼

绿槐高柳咽新蝉。薰风初入弦。
碧纱窗下水沉烟。棋声惊昼眠。
微雨过,小荷翻。榴花开欲然。
玉盆纤手弄清泉。琼珠碎却圆。

"绿槐高柳咽新蝉。薰风初入弦。碧纱窗下水沉烟。棋声惊昼眠。微雨过,小荷翻。榴花开欲然。玉盆纤手弄清泉。琼珠碎却圆。"苏轼的词一向以豪放著称,"大江东去,浪淘尽,千古风流人物"词情浩荡。这首词,写的却非常清新、灵动,就像雨水节气的绿槐高柳,温暖的和风,醉人。

窗外,阳光明媚,绿槐如雾,高柳如烟,树上的蝉像收到什么指令似的,鸣叫声戛然而止,一刀切似的,和风将小满节气的清新吹透绿纱的窗帘。室内,沉水香浮动袅袅的香雾,佳人正小寐,忽而被落棋之声惊醒。

雨后的小荷,在清风中舞动。石榴花开满了树,在浓绿

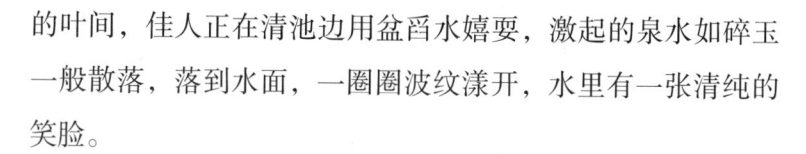

的叶间，佳人正在清池边用盆舀水嬉耍，激起的泉水如碎玉一般散落，落到水面，一圈圈波纹漾开，水里有一张清纯的笑脸。

东坡先生笔下的小满节气，明亮、纯净。

小满节气的槐，绿得新鲜，充满了活力，槐树从发芽吐叶抽新枝，每一步都小心翼翼的。民谚曰：清明断雪，谷雨断霜。树木在人尚未总结出谚语之先，已经摸清楚大自然的规律了，在它们心里早已熟知了时令脾气。节气到了立夏，树木方放开手脚，槐树的新枝抽条，叶片舒展开来，一联联，翠绿，开始发芽出叶时，叶子绿得浅，与其说是绿，不如说是青骢，过了雨水，叶子走向深绿，绿得过于冷静、沉着。

此时，柳树新枝正在发育，皮嫩骨软，把光滑的柳枝剪下来，抽出柳条骨，在阳光下晒干，柳骨银白，用以编制各种器皿，或者工艺品，统而称之为柳编。

在树木之中，柳树是知了的最爱，有柳树的地方，就少不了蝉。蝉喜爱柳树，是有道理的，柳树枝叶茂密，蝉可以藏身其间，不会被天敌发现，最主要的是，柳枝嫩，便于蝉产子，蝉用尾尖刺穿柳枝的表皮，把子产在皮里，被刺破皮的柳枝，不几日就干枯了。夏天，浓绿的树冠上，满是花花搭搭的干枝叶，不要以为是柳树得了什么病，是蝉在枝子上产子了。干枯的柳枝被一夜风雨吹落到地上，蝉宝宝便散落到土地里，新生命开始起程了。

"小荷才露尖尖角,早有蜻蜓立上头。"出水的田田荷叶,虽不能说是小满节气的典型物候,最起码是谷雨的忠实粉丝。

其实,小满节气,大地上长出的一些野草,也可以说是野菜,也是格外的清爽,一棵棵萋萋芽零星散落在柔软的黄土里,离地寸余高,碧绿,放眼再看,不远处,成片成片的,在明晃晃的阳光下,闪动着绿波。

萋萋芽,根白叶绿,椭圆形,叶面有毛,叶边锯齿状,叶子老了,叶边锯齿上生出毛刺,毛刺骨质化之后,刺人,一不小心,手便会被刺出血。嫩时,银白的根,茎叶青翠,尤物般可人,用小铁铲,连根带茎地挖出来,用水洗净,在开水中氽,清炒凉拌两相宜。

都说野菜春天吃为妙,初夏小满时节的野菜,鲜美不输给春天。

芒种

芒种，当太阳到达黄经75°时为芒种节气，交节时间在6月5日或6日，一般在农历的四月底或五月初。《月令七十二候集解》解释芒种为："五月节，谓有芒之种谷可稼种矣。""稼"就是种的意思。"芒种"，"芒"是指禾科的有芒作物，如小麦、大麦等，这些作物一般芒种时成熟可以收割了；"种"是指谷黍类作物的播种，这个时节是播种玉米、豆类、花生、红薯及一些秋熟作物的大好时机。"芒种"也与"忙种"谐音，农作物既要收割又要播种，因此芒种是一年中农民最忙碌的时节。

芒种，小麦覆陇黄

观刈麦

唐·白居易

田家少闲月，五月人倍忙。
夜来南风起，小麦覆陇黄。
妇姑荷箪食，童稚携壶浆。
相随饷田去，丁壮在南冈。
足蒸暑土气，背灼炎天光。
力尽不知热，但惜夏日长。
复有贫妇人，抱子在其旁。
右手秉遗穗，左臂悬敝筐。
听其相顾言，闻者为悲伤。
家田输税尽，拾此充饥肠。
今我何功德，曾不事农桑。
吏禄三百石，岁晏有余粮。
念此私自愧，尽日不能忘。

芒种节气，既忙收割，又忙播种，是农人的大忙季节，比秋季还要忙。

民谚曰：芒种三天镰刀响。意思是说，过了芒种可以收割小麦了。白居易这首《观刈麦》，便是唐朝农人割麦子的情景。

从诗的内容来看，一千多年前的唐人收麦子跟现在一样，若说有什么不同的话，现在有些地区用收割机，收割的效率高了，繁忙却依然。

时令到了芒种，小麦尚未熟透，以为可以再等几天，若有这种想法，有可能会遭受损失。作家刘亮程有篇文章写到有一年收麦子，过芒种了，队长派一闲人，让他骑马到麦田探望一下小麦黄没黄，闲人心思不在看麦子上，骑马跑了一圈，回来跟队长说，麦子还青，少说也要十天才能收割，队长觉得闲人的话不大靠谱，把他的话打了折扣，提前了三天，结果到了麦田之后，发现麦穗都断地里去了。

蚕老一时，麦老一响。早上看着麦子还是青青的，中午麦子就黄了。跟白居易的"夜来南风起，小麦覆陇黄"一个意思。过了芒种的小麦犹如瓜熟蒂落，一不小心，小麦就熟透了。俗话说：收七成麦，吃十成面。小麦在七成熟的时候，是收割小麦最佳的时间段，小麦可以颗粒归仓。

黄金铺地，老少弯腰。收割小麦，大人孩子都跟着忙活。为抢农时，送饭到田头，农人就坐在田头补充能量，吃饭的时间也是喘息的时候，吃过饭，点上一根烟，狠劲抽几口，

在鞋底上拧灭烟头，捡起镰刀，继续埋头割麦。

小孩子在麦田里捡拾割掉的麦子，小麦收割完了，也捡拾得差不多了，又奔向下一块麦田。这时候，麦田便是拾麦人的天下了。"复有贫妇人，抱子在其旁。右手秉遗穗，左臂悬敝筐。"便是捡拾得再干净，总有所遗漏，这个拾麦人走了，那个又来了，总能捡到一些，看上去麦田干干净净的，麻雀却觉得那里仍然有希望，拾麦穗的人都走了，成群的麻雀又飞来捡食。

小麦收割下来，捆成捆，拉到场上，用铡刀把麦捆子切成两半，带穗头的留在场上，麦秸子摔到场边，吩咐小孩子看场，怕猪、牛、羊来偷吃。农人又得赶忙下地种秋季作物，种玉米，点黄豆，压山芋，栽棉花，水稻插秧……都在这时候，一旦错过就得再等一年。

相对割小麦，种玉米算轻快活，在麦垄里种玉米，一个人就可以干，一手握铲子，一手拿种子，挖坑，丢种子，回填……但农田里更多的是两个人协作，一人刨坑，一人丢种子，丢种子的人用脚推土填坑，不累腰，也出活。

俗话说：麦茬豆。麦子收割完点豆子，仿佛是标配。点豆子，点是点到为止的意思，豆子不能种深，豆芽是瓣，种深了，豆芽拱不出来。玉米不怕，玉米芽是钻，土深也能顶出来。点豆子，面积大的话，用耧车，前边一人拉着，后边一人点，也可以用驴拉，操作者必须是有经验的老农，以把控播种豆子的速度和密度，是技术活。

芒种节气栽的棉花，是秋棉花，压的山芋，也是秋山芋。有意思的是，春天播种的作物，比如春棉花、春山芋，都以春字打头，夏天播种的，却以秋字打头，不知是何道理。

过去，农人种田苦。而今，机械化程度高了，种田不像过去那么辛劳了，劳动量却依然大，作物要赶农时，节气不等人，所谓机不可失，时不再来，错过了，便错失了一年的机会。

工人一天工作八小时，双休，是《劳动法》规定的；农人的作息时间，则是时令节气规定的，节气没双休，也不放假，农人休息都是在节气中见缝插针。

"今我何功德，曾不事农桑。吏禄三百石，岁晏有余粮。念此私自愧，尽日不能忘。"白居易的观后感，至今仍有现实意义。

藏在诗词里的二十四节气

螳螂应节生

咏廿四气诗·芒种五月节
唐·元稹

芒种看今日，螳螂应节生。
彤云高下影，鹨鸟往来声。
渌沼莲花放，炎风暑雨情。
相逢问蚕麦，幸得称人情。

"芒种看今日，螳螂应节生。彤云高下影，鹨鸟往来声。渌沼莲花放，炎风暑雨情。相逢问蚕麦，幸得称人情。"元稹这首诗，写出了芒种节气的物候。

绿翡翠一般的螳螂，鸣唱的鹨鸟，莲花绽放，风吹过来热辣辣的，雨落下不再感到寒冷，小麦黄了，春蚕已吐丝作茧。

这些物候现象，也成了农人间相互问候的话题。

芒种时节，有太多的收获在等待着农人。

大蒜成熟了，蒜叶开始枯黄，这是发给农人的信号。其实，即便是大蒜不发信号，时令的枪声也响了。

挖蒜的活儿，是轻松愉快的，农人是把大蒜归到蔬菜一类了，初春、仲春吃蒜苗，暮春、初夏吃蒜薹，到了芒种节气，大蒜头就要上餐桌了。

在黄淮地区，每家必备的日常器具——蒜臼子，用以把蒜捣成蒜泥，捣蒜时可以加盐，也可以放生抽，或者酱油，倒入碟子里，滴几滴麻油。等到青椒上市了，蒜与青椒一起捣烂成泥，蒜与椒的味道相互融合，口味独特，开胃增食欲。芒种时，青椒刚打纽，农人便用煮熟的鸡蛋与大蒜一起捣烂，这道菜是农人的发明。

三夏大忙，农人没有时间炒菜，农活又繁重，为了增加营养，便想出了捣蒜泥时加鸡蛋的法子。

此时，土豆也在土里憋不住了，它在土里等了很久，大约就是为了在芒种节气出来，有的土豆等不及了，提前露出头来想见见世面，时令不到，它便成了露头青。太奇妙了，一个土豆，埋在土里的色白，露出地面的成了天青色。

或许有许多人不知道，土豆开花，不是为了结果，只是自己喜欢。碧绿的秧子上开着雪白的花，细碎，不招眼，土豆是根生，土豆花是纯粹的，就像花色一样，单纯，不媚俗，不负大好的光阴。

农人却不管这一套，看花是看不饱肚子的，一看到土豆花就会掐掉，他们不想让那些花夺取土豆的养分。

土豆，现在被归到粮食一类了，不过在人们的意识里，

土豆还是属于蔬菜的,清炒土豆丝,依然是小菜馆的菜单上销量最高的一道菜。

四季豆的秧藤已爬满架,蝶儿一般妖娆的花姿,银白,隐约在藤叶间,青碧的豆荚,如眉,故又称眉豆,三五成群,坠在青藤上,随时等待着被采摘。

农人忙了一天的农活,归家时,多走几步,到菜园里,把草帽子从头上拿下来,倒拿手上,盛眉豆。

鲜嫩的眉豆,花尚未褪去,掐头去尾,在水中煮透,捞起来,沥干水,凉拌,蒜泥浇头;佐酒的佳肴,自然少不了黄瓜,此时也正是黄瓜大量上市的时候;炒一盘土豆丝,切一小碟黑咸菜;四个菜,全家人围在一起,一家之长坐在上位,喝二两,解解乏。

端午节,也在芒种的节气里,为农忙调节一下气氛。

河湾的芦苇,碧叶青青,采回来包粽子,端午节是要吃粽子的。五月五包粽子,据说与屈原有关,屈原在端午节抱石自溺汨罗江,人们为不让鱼吃掉他,包粽子投入汨罗江,后来演变成端午节吃粽子的习俗。

河边堰头,野生着成片的菖蒲、艾草,割回来,插在门前以辟邪。也不知道这种习俗始于何时,一辈一辈传下来,也没有人去问为什么,过日子哪能事事都说得清原因。

端午节,各地有各地的风俗,有的地方赛龙舟,有的地方食五黄,有的地方吃五红……无非是驱邪祛灾,期望风调雨顺,五谷丰登,日子风平浪静而已。

芒种,说白了,就是收获果实,播种希望的节气。

夏至

夏至，二十四节气中最早被确定的节气之一，此时太阳到达黄经 90°，交节时间在 6 月 21 日或 22 日。陈希龄《恪遵宪度》（抄本）："日北至，日长之至，日影短至，故曰夏至。至者，极也。"夏至这天，太阳直射地面的位置到达一年中的最北端，几乎直射北回归线，北半球的白昼达到最长，且越往北昼越长。夏至以后，太阳直射地面的位置逐渐南移，北半球的白昼日渐缩短。

夏至，宵漏自此长

夏至避暑北池

唐·韦应物

昼晷已云极，宵漏自此长。
未及施政教，所忧变炎凉。
公门日多暇，是月农稍忙。
高居念田里，苦热安可当。
亭午息群物，独游爱方塘。
门闭阴寂寂，城高树苍苍。
绿筠尚含粉，圆荷始散芳。
于焉洒烦抱，可以对华觞。

节气到了夏至，日照的时间最长，而后夜将逐渐变短了，诗人没来得及想好如何过夏，就开始忧虑气候的变化和冷热的交替了。在官衙里，每天清闲自在，这个时节，农人还在田里忙活，也不知如此炎热的天，农人是怎么干活的。中午有些人与动物都休息了,蝉在烈阳下叫着,四处静寂,唯独诗人在北池塘边漫步。衙门紧闭,院内静悄悄的,四墙高耸,树木苍苍,新竹还翠嫩,荷花已开始怒放。在这样的环境下避暑,可以抛却烦恼,自斟自饮,倒也惬意。

夏至,韦应物在北池避暑,偶或想到烈阳之下,在田间劳作的农人,一闪之念,发发感慨,想想也就过去了。不过能想到也就不错了,这说明他知道农人的劳作之苦。

韦应物对节气是熟稔于心的,也知道节气与农事是怎么一回事,他知道夏至到了,七月流火,天气是炎热的,天热是表面的现象,是地气从冬至开始一点点聚集起来的热能起的作用。

他对农事也是行家,节气到了夏至,农活渐渐地少了,农人也开始进入农闲的阶段。这时候,主要的活儿就是除草之类的轻体力劳动。

此时,农作物开始疯长,草也不甘落后。俗话说:庄稼一枝花,全靠肥当家。地没劲,作物就是想甩开膀子长,也力不从心,草是最拔地力的,为了不让草与庄稼争肥争水,就得斩草除根。

"锄禾日当午,汗滴禾下土。"就是发生在这个时候的事。一般情况下,农人都是一早一晚下地锄草,既是为了锄草,也是为了松土保墒。

民谚曰:叉头有火,锄头有水。麦子上场的时候,就要用叉子勤翻动着麦草，让麦草干得快一些；天热的时候，土地水分蒸发快，用锄头除草时，也要把土给松动了，阳光晒着松散的土，水汽蒸发的就慢一些，同时，土壤被阳光晒过，就像施了一次肥。

田里的庄稼，水田里是水稻，旱地，无非是玉米、大豆、山芋，洼地里种高粱。大豆，现在还可以种，夏至豆，半边露。

此时地里的瓜开始成熟了，在瓜田里搭一个瓜棚，白天，小孩子在瓜田里看瓜。小孩子本没有耐性的，可是看瓜就有了耐性，有瓜可以饱口福，瓜田里爬满了瓜秧，瓜躺满地，空气里弥漫着瓜的香甜，外边阳光火辣辣的，瓜棚里却凉快得很。躺在瓜棚里看小人书，看一阵子，感觉口渴了，其实是想吃瓜了，便到瓜田里挑熟透的摘下来，坐在瓜棚里美美地享用。

每个节气里都会有野菜成熟，这是先民几千年积攒下来的财富。老天饿不死瞎鹰。俗称妈妈菜的马齿苋在夏至节气里长势喜人，马齿苋不怕晒，连根铲掉，只要它还在地上，太阳是晒不死的，晚上的露水一激，次晨就又活了过来。

相传，远古天上有九个太阳，烤的地上寸草不生，后羿背起弓箭，追射天空中的太阳，九个太阳射掉了八个，剩下的，也就是挂在空中的这个，在马齿苋下躲藏起来，才得以保全。所以马齿苋是晒不死的。

农人把马齿苋铲下来，用开水烫过之后，再摊开晒，晒干收起来，吃的时候，泡发就可以了。鲜吃，多是凉拌，用开水烫过之后，用细盐、醋、生抽、浇上蒜泥、淋些许麻油，夏日又一道美味上桌。

夏至，荷花进入花期，菱角已经结了，嫩嫩的，生吃，脆甜。韦应物在池边饮酒，以藕、菱角佐酒，也不是没有这种可能。

粽香筒竹嫩

和梦得夏至忆苏州呈卢宾客

唐·白居易

忆在苏州日,常谙夏至筵。
粽香筒竹嫩,炙脆子鹅鲜。
水国多台榭,吴风尚管弦。
每家皆有酒,无处不过船。
交印君相次,褰帷我在前。
此乡俱老矣,东望共依然。
洛下麦秋月,江南梅雨天。
齐云楼上事,已上十三年。

"忆在苏州日,常谙夏至筵。粽香筒竹嫩,炙脆子鹅鲜。水国多台榭,吴风尚管弦。每家皆有酒,无处不过船。"白乐天这首诗,让我们领略了夏至苏州的风物、民俗,以及物候。回忆把诗人带回了苏州,诗人又把我们带进了他的回忆，让我们隔着千年光阴，依然能感受到唐朝时苏州夏至的风情。

竹筒饭，竹筒嫩绿，粽米飘香，烤子鹅脆香鲜嫩，到处是亭台楼榭，随处能闻到丝竹管弦，家家美酒飘香，出门都要划船，洛阳的小麦都已收割了，这儿已进入了绵绵雨季。

怀旧总是美好的，回忆让往事散发着岁月的温暖。

冬至饺子夏至面。北方人，夏至有吃面条的习俗（也有的地方蒸馒头），估计是北方主产小麦，夏至节气，小麦新收，要吃新面犒劳一下自己的缘故。

过去，江南一带，比如绍兴地区，人们不分贫富贵贱，夏至有祭祖的风俗，俗称作夏至，除常规供品外，不知因何，蒲丝饼不可或缺。蒲是江南水乡的特产，把蒲切成丝，鸡蛋打散，放入蒲丝中搅匀，倒入热锅煎成饼，两面黄黄的，蒲丝翠莹莹，看着就是一种美的享受。据说夏至之日，无锡人早晨吃麦粥，中午吃馄饨，取混沌和合之意。谚语云：夏至馄饨冬至团，四季安康人团圆。

岭南一带，广西的钦州、玉林有夏至吃狗肉与荔枝的风俗，有"冬至鱼生夏至狗"之说。这一风俗一直延续至今。

十里不同规，百里不同俗。夏至节气，不同地方有不同的风俗文化，这与当地的物产、气候、饮食习惯、生活方式、文化背景息息相关。

苏北鲁南一带，夏至，还有晒酱、做酱麦的风俗。

藏在诗词里的二十四节气

　　儿时，每年的夏至，奶奶把新上市的小麦在石磨上碾成糊，在鏊子上摊成煎饼，新鲜柔嫩的小麦煎饼，犹如青春光艳的二八少女，散发着诱人的香味。奶奶很认真地把它一五一十地码成方垛，然后用在田里精心选摘的荷叶或蓖麻叶，一层一层的封盖，密不透风。奶奶做时非常细心。当时我不知其所以然，现在想来，就是让煎饼发生霉变。大约一个星期的样子，揭开叶被，煎饼已被捂得白毛绿花，面目全非，就像一夜之间愁白头的伍子胥，原本张张充满青春活力的煎饼，此时干枯得像地衣。

　　阳光明媚的日子，还要把这些干枯的"地衣"放在阳光下暴晒，感觉它的样子如深冬的残荷了，就把它放进石臼里捣成粉末。那画面似烙在我的记忆里，奶奶坐在大门前的槐树荫下，面前拥着石臼，手持木槌，起起落落，发出咚咚的闷响。捣好的粉末用盐水加上新鲜的花椒叶和成稀糊，把调制好的酱糊放在阳光下暴晒，谓之晒酱。

　　酱麦，顾名思义，就是酱小麦。酱麦的原料是小麦与黄豆，上锅煮熟后，捞上来摊开晾一晾，把小麦、黄豆表面的水分蒸发掉，当然，小麦与黄豆要分开煮。然后，把二者掺和一起，放入瓷瓮之中，加入事先备好的盐水、花椒叶，花椒叶是新从大门外的花椒树上采下来的，用擀面杖在瓮中搅拌几下，即可封口，用那种粗糙的黄草纸，上面掩上一层麦糠调和的黄泥，将瓷瓮置于屋角，让它们静静在瓮里发酵。

小麦与黄豆经过时间的作用，似乎寻找到自己的灵魂，超脱了凡俗，麦粒不再坚硬，变得非常儒雅，麸皮也已变得温和了,麦粒中似蕴含着大豆香,隐约着似酒非酒的那种甘洌。大豆亦如是，除了看外表是小麦大豆以外，其内涵已经不分彼此了。

小暑

小暑，太阳到达黄经105°时交小暑节气，时间在7月7日或8日。小暑是一个体现天气炎热程度的节气，"小"，说明天气还不是最热。宋代《月令解·卷五》解释小暑说："小暑为六月节者，此见暑之渐也。"俗语也有"小暑不算热，大暑三伏天"的说法。

小暑，竹喧先觉雨

咏廿四气诗·小暑六月节
唐·元稹

倏忽温风至，因循小暑来。
竹喧先觉雨，山暗已闻雷。
户牖深青霭，阶庭长绿苔。
鹰鹯新习学，蟋蟀莫相催。

农谚曰：有钱难买五月旱，六月连阴吃饱饭。

小暑节气，农历的六月初四或初五，雨带被移进入黄淮地区，农事渐稀，该收的作物都已收获，粮食亦晒干入仓，该种的都已播种，农人进入了农闲时期。此时，天气开始炎热起来。暑，热也。天热了，人便伏起来避暑，天暑，人亦伏，人与大自然是紧密相连的。

不经意间，小暑天便被热风吹到了人间，大雨尚未到来，竹林早已喧闹了起来，乌云刚压过山头，滚滚的雷声就传来了。阴雨连连，宅院水气缭绕，庭院的台阶长满了青苔，雏鹰开始练习飞翔，到处都能听到蟋蟀的歌吟。

这是元稹笔下的小暑六月节，把小暑时节的物候描绘得如诗如画。在这幅诗画中，能感受到小暑天气的沉寂与宁静。

日照充足，雨水充沛，高温高湿，对人或动物来说，这样的日子不是太友好；对农作物来说，正是快速生长的天赐良机。

人们在土堰的树荫下乘凉，玉米在阳光下闪动碧绿的叶子，在以人无法察觉的速度生长，就像小孩长个，不见孩子长，但见衣服小，没见玉米长，只见行距密。昨天，玉米刚有大腿深，一星期不见，已尽长到齐腰深；芝麻长得更快，俗话说：芝麻开花节节高。芝麻棵长足个，便开始开花，白色，穗状，枝叶青碧，花色银白，清清爽爽。烟叶田，一片葱茏，烟长得高大，叶子厚大浓绿，椭圆形，状如芭蕉叶，一张叶片，就是一把芭蕉扇，烟叶从底往上采，用绳子编起来，挂在院中晾晒。

农作物在忙着生长的时候，有情趣的农人拿着鱼竿，到河边钓鱼，树荫下，把鱼竿伸到河里，面前摆着一台收音机，耳听评书，眼看鱼漂，钓鱼避暑两不误，钓到鱼就赚了，没有鱼来咬钩，也不遗憾。用钓鱼者的话说，钓到鱼有什么好，多浪费几张煎饼。小时候，不明白什么意思，后来懂了，钓鱼要烧，有鱼这道美味，自然胃口大开，就会多吃几张煎饼。钓不到鱼，倒是节省几张煎饼。

农人真是生活的智者，面对希望与失望，都能找到理由

让自己不悲不喜，坦然地面对着生活的苦难与欢乐。

　　眉豆下市了，豇豆过来填补它的空白。小暑节气，豇豆长势正旺盛，一根根翠绿的豇豆坠在秧藤上，炒菜的时候，摘一把。苋菜，紫梗叶红，站在地里望着白白的日头，在微风中摇动着，摇曳生姿，太阳是奈何不了它的。南瓜秧在恣意地爬着，南瓜多种在废地，种的时候并不在意，它却长得非常认真，秧藤上开满了明艳的黄花，人们把花采摘下来，便是一道时令菜肴；这时候的韭菜，是不怎么招人待见的。俗话说：五六月，臭韭菜。这段时间，韭菜长得快，一不小心就长老了，披头散发的，好在水中有鲜物，水草里有白米虾，用巴沟网捞米虾，连草带虾一起捞上来，倒在专门筛子上，草留在上边，虾蹦到筛子里，米虾炒韭菜，韭菜的身份立马就不一样了。丝瓜，在不知不觉中爬到小暑，平时不显山不露水，这时候像突然冒出来一样，墙头、屋顶，甚至是电线上到处都有，丝瓜结得也卖力……

　　大自然是神奇的，每个节气里都有应运而生的菜肴，人吃应时的菜肴，就是跟节气谈心和解，把节气的不利转化成有利。

　　"倏忽温风至，因循小暑来。竹喧先觉雨，山暗已闻雷。"节气的一举一动，物候都知道，人也知道。

晴空变作漏天

久雨六言四首·其四

宋·刘克庄

平陆莽为巨浸，晴空变作漏天。
明朝是小暑节，重霉必大有年。

刘克庄（1187—1269），南宋诗人、词人、诗论家，字潜夫，号后村，福建莆田人。作为宋末文坛领袖，辛派词人的重要代表，刘克庄词风豪迈慷慨，在江湖诗派中，年寿最长，官位最高，成就也最大。刘克庄晚年致力于辞赋创作，提出了许多革新理论。著有《后村先生大全集》。

"平陆莽为巨浸，晴空变作漏天。明朝是小暑节，重霉必大有年。"古诗多为五七言，六言的诗不常见。

艺高人胆大，刘克庄不愧为宋末文坛圣手。这首诗24个字，把小暑节气的物候、气候以及民谚纳入诗内，浑然天成，真可谓文章本天成，妙手偶得之。

小暑节气，草最盛，放眼望去，茫茫平陆上荒草丛生，看着晴空朗朗，一片乌云飘来，天便被戳个大窟窿，雨说下就下了,一声打呼都不打。小暑节气到了,雨季雨水旺盛,今年一定会大丰收。

俗话说,六月天,娃娃脸,说变就变。六月,天气的变化就像小孩的脸一样,喜怒无常。东边日出西边雨。天上有朵雨做的云,云飘到哪里,感觉心里不痛快,说哭就哭,人在路上正走着,觉得天有些暗,没来得及抬头看天,雨就落了下来,措手不及,人立马变成了落汤鸡,隔着几米,人行如常。

草什么时候都保持着警觉,只要嗅到一点生机,它们就会迅速生长。据说沙漠里有一种草,只要有一点雨水,立马出芽,生长,在雨水被蒸发之前开花结籽,草籽随风吹散,躲在沙子中再等待机会。

在雨季,野草似乎得到天助,绵长的雨季,地里的土都成了泥,人无法进地,无法除草,即便是除了草,雨水一落,它们又还阳了,也只有任由草疯长,干着急。

草厚豆苗稀。这就要农人在雨季来临之前把田里的草除干净,给作物成长营造好的生长环境。比如大豆、玉米之类,长得高大浓密,雨季来了,给草带来了机会,同样,也给作物带来了生机,它们同时起步生长,草便慢了一拍,草便被农作物遮蔽在底下了,见不到阳光。没有阳光的抚爱,杂草便会日益枯黄,就对庄稼一点威胁都没有了。

夏季庄稼,生长期短,有充足的阳光、雨水,长得非常快,这是时令在催着它们生长，秋天播种的作物，像小麦，生长期长，长得就缓慢，作物都是追随着时光的脚步走，生长期长走得慢一些，生长期短，走得快一些，走得快与满不重要，重要的是要有好的年成。

农人靠天吃饭，现在的科技手段可以局部改变作物的生长周期，建温室大棚，调节温度也只是遵循着作物的特点，只能微调，比如塑料大棚中的蔬菜、黄瓜、辣椒、茄子、西红柿等等，只是让它们上市时间提前一些而已，大方向无法改变。

民谚曰：伏天的雨，锅里的米。小暑时节的雨水，对水稻生长极为有利，一阵雷声滚过，雨痛痛快快地落下，洒在水稻上，水洗过的水稻，绿油油的，跐着脚在长，蹲在水稻的田埂上，用心静静地听，能听到水稻拔节的声响。

有水便有鱼，此时，稻田里的黄鳝正是最肥的时候，钓黄鳝的师傅，戴着斗笠，赤着脚，背着鱼篓，手拿着钓黄鳝的专制鱼钩，弯着腰在田埂寻找鳝鱼窟。

雨季对作物生长有利也有弊，雨通常与风一起来，风雨交加，风调雨就顺。骤雨往往伴随着狂风，雨水浸泡的大地，泥土松软，庄稼的根抓不住土地，狂风经过，便会倒伏。大豆棵子低矮，风对它危害不大，对玉米来说，"树大招风"，一阵狂风大作，风过处，玉米倒成一片。小暑节气，玉米只是疯长个头，没有孕穗，狂风远去了，不几日，玉米便会重

新爬起来，自己爬不起来，农人会帮扶一下，算是生命中的小挫折，无关前程。

　　农作物在小暑漫长的雨季里成长着，累累的硕果便会在秋天里等着它们。节气向来都不是孤立的存在，而是一环扣一环，唇齿相依的。

夜热依然午热同

夏夜追凉

宋·杨万里

夜热依然午热同,开门小立月明中。
竹深树密虫鸣处,时有微凉不是风。

> **杨万里**(1127—1206),字廷秀,号诚斋,吉州吉水(今江西省吉水县黄桥镇湴塘村)人,南宋著名文学家、爱国诗人,与陆游、尤袤、范成大并称"南宋四大家"。因宋光宗曾为其亲书"诚斋"二字,故学者称其为"诚斋先生",著有《诚斋集》等。

节气走到小暑,便到了盛夏的地界,昼夜温差缩小,夜里闷热与白天中午差不多,夜热难寝,推门出屋,找凉快的去处,一弯明月挂在夜空,月色皎洁,一阵阵蟋蟀的鸣叫从树丛竹林中传出来,心底顿时感到一阵清凉,暑天热是必然的,寻找清凉,并非寻找凉风,而是觅求心静。

杨万里的"时有微凉不是风",妙语也,不懂生活情趣的人,是说不出这样的话的。诗者,在心为志,发言为诗。

藏在诗词里的二十四节气

伏天，人要躲着炎热，避暑。在小孩子的概念里就没有什么暑热，只要好玩有趣，再热的天，也无须把自己伏起来。

小时候，顶着六月的烈阳，去苘地掐苘叶。苘，又叫苘麻，一种经济作物。此时，苘已经结果了，果实呈扣状，毛茸茸的，扣子由许多包荚排围而成，每个包荚里结满芝麻大小的籽粒，嫩时，籽粒雪白，吃到嘴里甜滋滋的。

采苘叶时，总要先摘几颗苘果，剥去外皮，绿色的表皮被一点点撕掉，要剥得很慢，内瓤莹白如玉，小心翼翼地放在嘴里。边吃边采摘苘叶，任凭烈阳肆虐，丝绸一般柔和清凉的苘叶，握在掌心，如掬一捧清水，心中欢喜莫名。阳光如瀑，汗珠挂满额头，心底却没有半点热的影子。而今想来，我似乎还能感觉到苘叶的那种柔软的凉意。

有那么几年，暑期里，我醉心在村头的林子里寻觅野瓜。野瓜者，自生瓜也。人们吃瓜时，不经意间甩掉的瓜种，落地生根在林子里。这种野瓜不多，但只要用心去寻找，总能寻到。寻到之后，便把它们视为己有，看着它们开花打纽结瓜，每天巡视，看着它们成长以为乐。

那种乐趣，就像守候着一种希望，看瓜一天天长大。记得一棵瓜秧上结的是花瓜，瓜皮白绿相间，躺在瓜叶间，可爱极了。长长的瓜藤上结了好多，想摘下来，又有点不舍得。有一天去看它，发现被人偷摘了，心中有种莫名的痛感。那年暑天，只知道心痛，尚不晓得什么是热。

辑二　夏满芒夏暑相连

烈日当头，下河采野菱，到水塘里摘莲蓬、鸡头子，采莲藕，快事也。野菱大都长在河里，无人看管，大胆游水去摘，掐两片荷叶，叠起来做兜兜用，以盛菱角。坐在岸边的柳荫下，美美地吃着战利品。蝉鸣在旷野中回荡，阳光辣着眼在树荫外逡巡……

少年时，我常常把暑天误写成熟天。现在想来，当年暑天只有乐趣，没有炎热，原来夏天在我的潜意识里，就是熟透的香瓜。

大暑

大暑，7月22日或23日交大暑节气，此时太阳位于黄经120°。古人说"大暑乃炎热之极也"，一个"极"字充分说明了此时天气的炎热程度。大暑是一年中温度最高的时期。黄奭《通纬·孝径援神契》(《黄氏逸书考》)云："小暑后十五日斗指未为大暑，六月中。小大者，就极热之中，分为大小，初后为小，望后为大也。"

大暑，朝景枕簟清

夏日闲放

唐·白居易

时暑不出门，亦无宾客至。
静室深下帘，小庭新扫地。
褰裳复岸帻，闲傲得自恣。
朝景枕簟清，乘凉一觉睡。
午餐何所有，鱼肉一两味。
夏服亦无多，蕉纱三五事。
资身既给足，长物徒烦费。
若比箪瓢人，吾今太富贵。

大暑天，唐朝人是怎样避暑的呢？

白居易的《夏日闲放》可以让我们管窥一斑。大暑天不出门，天气炎热，也没有人来造访，庭院打扫得清爽干净，拉下室内的窗帘，屋里安安静静，躺在竹席上，放空自己，心静自然凉，不知不觉进入了梦乡，一觉醒来，到了中午的

饭点，桌上有鱼有肉，穿着宽宽大大的清凉透气的蕉布衣服，继续放空自我……

天可以热，人心要静。心静就是心中不能有太多的欲望和杂念，人能保障基本生活需求就行了，过多的追求身外之物，徒增自己的烦恼。在大暑时节，五内烦躁，岂不是火上浇油？

农人在大暑时节，没这份闲情，因为田里的活儿又出来了。

烈日下，早稻已变黄，稻穗低垂着头，风吹过来，也无动于衷，它的生物钟的指针已指到了大暑，它知道要与生长它的土地告别了，它似乎已经听到农人走在田埂上的脚步声。

民谚曰：冷在三九，热在中伏。大暑正是中伏天，农人看着金黄的稻田，饱满的稻穗，一脸的开心，早就把炎热丢在了一边，弯腰挥镰。稻子割下来，要脱粒，脱粒都在晚上，土场上，拉起一盏灯，脱粒机快速地转动着，稻粒纷纷脱离稻穗，飞蛾也来凑热闹，在灯光中上下飞舞。

稻田里，可以再种一季稻子，趁着农时，赶紧灌水和田，插秧，也可以种赤豆、绿豆、豇豆等。

玉米已长到一人高了，此时，要给玉米灌耳眼。农人都是语言的天才，一些文字通过他们的巧妙组合，幽默、风趣，又传神。就说这灌耳眼，生长中的玉米，头顶呈喇叭状，农人形象称之为耳朵眼，灌耳眼，就是往玉米顶上灌药，主要是为了防虫。

伏天，一些害虫很活跃，它们化作飞蛾，到处产卵，产在玉米上，就是玉米螟；产在棉花上，便是专门钻棉桃的棉铃虫。玉米正在生长期，玉米秸、叶都非常嫩，把虫卵产在叶、秸上，静静地等着玉米孕穗，神不知鬼不觉地便在玉米穗中安家。有的玉米螟钻在玉米秸里，在玉米秸上挖个洞，吸取玉米秸里的养分，玉米穗长得就小。再者玉米秸有洞，稍微大一点的风吹过来，玉米秸便从此折断了，直接造成整棵玉米颗粒无收。虫子的感觉非常灵敏，灵敏到不可思议的地步，但凡有虫子的玉米长得都高大，玉米秸一定甜，单凭这个，小孩子就能顺利判断出哪棵玉米秸甜。

为了防患于未然，虫子不怕热，人就更要豁出去了。

此时，为了通风透光，棉花要去除底叶，农人形象地称之为给棉花脱裤子。曾有一个段子，队长通知农人去给棉花打底叶，便在喇叭里喊道：今天下午，男女老少都要到棉花地里脱裤子。

早上，要到棉花地里逮棉铃虫，早晨，露水未干，气温不是很高，虫子便出来享受美好晨光，一出来就被农人捉住了。

棉花，是要经常打药的，农人摸清棉铃虫产卵的规律，一到产卵期，就要打一遍药，打药不是万能的，有漏网的，就用人工捉拿。

大暑天气，人的汗毛孔都是张开的，打药时，药雾喷洒到汗毛上，吸收到人的体内，人就会中毒。暑天打农药，每年都会出现农人中毒,有时,大家集体中毒。

  大暑,毕竟是伏天,忙完活儿的农人,也是要避暑的。白天,在树荫下打牌、下棋、听说书,自家田里种的西瓜,装进网兜,放到深井里,中午或晚上,一家人围在桌前吃西瓜,西瓜从井中提上来,沁凉,瓜的甜度似乎也增加不少。

何时为洗秋空热

大暑水阁听晋卿家昭华吹笛

宋·黄庭坚

蕲竹能吟水底龙，玉人应在月明中。
何时为洗秋空热，散作霜天落叶风。

> 黄庭坚（1045—1105），字鲁直，自号山谷道人，晚号涪翁，又称豫章黄先生，洪州分宁（今江西修水）人，北宋著名诗人、词人、书法家。诗歌方面，他与苏轼并称为"苏黄"；书法方面，他则与苏轼、米芾、蔡襄合称为"宋四家"，著有《山谷集》。

人无法改变环境，却可以改变自己。大暑天气，酷热难耐，没办法改变，可以换一个角度，变化自己的心态，往往有意外收获。宋元祐三年（1088年）大暑时节，在驸马王诜的府邸，黄庭坚受邀到水阁听侍女昭华吹笛。

蕲竹是湖北蕲春县特产，修长清秀，竹节独特，状若罗汉肚，用以制作竹笛、箫管，音质清幽明澈，如溪流涓涓，沁人心脾。黄鲁直听着清冽如水的笛声，清越如龙游海底，渺渺似天外清响。笛声中，诗人感受到，秋风飒飒，洗净大暑的酷热，落叶纷纷，眼前呈现一幅寥落霜天的情景，不禁身上的鸡皮疙瘩都起来了。

暑天炎热才是正理，不过，在盛夏面前，人没有那么娇气，高温没有超越人的生命极限时，完全可以自行调节好，无须外力，如同家庭生活中的夫妻矛盾，本来是件微不足道的小事，常因外人插手而复杂化。

我曾在某采石场见过工人劳动的场面，个个光着脊梁，黑黝黝的脊背，仿如石色，或抡锤，或握钎，或掮石……白花花的阳光肆无忌惮地泼下，一点遮掩都没有，浇在工人的脊背上，腾起一片烟岚，化作一层层晶亮的汗珠，如一汪水团把整个人都包住了，太阳对他们只能是无可奈何，越晒汗水越旺，水汽越大，生命就是一汪不涸的水源。金木水火土，相生相克，生生不息。

对付烈夏，因人而异，正如黄鲁直于水阁听晋卿家昭华吹笛，从笛声中感受到凉凉秋意。在酷暑时节，读有关水、雪的文章，诸如柳宗元的《小石潭记》、鲁迅先生的《雪》之类。让那些方块汉字把炎夏化作叮咚的小溪，塑成一尊高大的雪罗汉。

"从小丘西行百二十步，隔篁竹，闻水声，如鸣佩环，心乐之。伐竹取道,下见小潭,水尤清冽。全石以为底,近岸,卷石底以出,为坻,为屿,为嵁,为岩。青树翠蔓,蒙络摇缀,参差披拂。潭中鱼可百许头,皆若空游无所依。日光下澈,影布石上,佁然不动;俶尔远逝,往来翕忽。似与游者相乐……坐潭上,四面竹树环合,寂寥无人,凄神寒骨,悄怆幽邃。"

"孩子们呵着冻得通红,像紫芽姜一般的小手,七八个一齐来塑雪罗汉。罗汉就塑得比孩子们高得多,虽然不过是上小下大的一堆,终于分不清是壶卢还是罗汉;然而很洁白,很明艳,以自身的滋润相黏结,整个地闪闪地生光。孩子们用龙眼核给他做眼珠,又从谁的母亲的脂粉奁中偷得胭脂来涂在嘴唇上。这回确是一个大阿罗汉了。他也就目光灼灼地嘴唇通红地坐在雪地里。"

在冰清的水意中,在冬日雪天的童趣里,暑气可否渐渐地消退,而凉意风生水起,移情换景,别有洞天。

儿时,炎热的夏夜,大都在河沿边度过。晚上,卷着草栅子来到河边,河边的大路上挤满了草栅子,河边的清风水意,耳畔的蝉声蛙鸣……

月光是青白的,轻纱一般笼在村边的树梢上,一团一团,水墨画一般,落在水面氤氲成一派苍苍茫茫的水雾,袅袅升腾着,土路在月光下,如一条白线随着河道蜿蜒而去,从河水里把自己打捞上来,湿漉漉的,暑气在清凉的水中渐渐褪去,赤条条躺在草栅子上,蟋蟀的歌吟四起。

夜渐渐地深了，偶尔有蝉声吱的一声，划破天空，如同流星一般一闪而过，此时，蛙声渐渐浓郁了起来，一阵一阵的，夜静谧非常，暑气在蝉声蛙鸣里，似乎缩回到昨天，或是被驱赶到了明天。

年长者手持蒲扇，半天一下，摇晃着，在蛙声中，讲着奇闻趣事，星光闪闪的，一粒一粒点缀在长空里。躺在草栅上，仰望着星光璀璨的天河，耳边听着牛郎织女的故事，多年后，读着"迢迢牵牛星，皎皎河汉女。纤纤擢素手，札札弄机杼。终日不成章，泣涕零如雨。河汉清且浅，相去复几许？盈盈一水间，脉脉不得语"。耳边莫名就会想起蝉声蛙鸣来。

节气，有时不仅仅是时令。

大暑三秋近

咏廿四气诗·大暑六月中
唐·元稹

大暑三秋近，林钟九夏移。

桂轮开子夜，萤火照空时。

瓜果邀儒客，菰蒲长墨池。

绦纱浑卷上，经史待风吹。

节气到了大暑，夏天将走到了尽头，秋在不远处立着，暑天注定在六月辉煌，也将在六月的舞台上谢幕。

大暑的六月，是热闹的，月光朗朗，萤火纷飞，瓜果飘香，茨菰（慈姑）、蒲草在池塘里生长茂盛，人在这样的酷暑里，诗书束之高阁，懒得翻动。

过去，知识分子理想的生活方式，便是耕读，耕是物质基础，读是精神修为，逐渐地形成一种文化现象。

乡村的老门头上，还能看到"耕读传家"四个大字，颜体，字迹斑驳，却一点也不影响厚重古朴的气息。

农人对识字的人普遍心怀敬重，他们认为字是通神的，他们敬字惜纸，过去，有字的纸是不能乱丢的，要放在专门焚纸的炉子里烧掉，农人把识字的人，尊称为先生。

而今，不怎么提及知识了，流行说信息，讲大数据。耕读成了某种怀想，尽管该耕的还要耕，该读的仍然要读，只是方向不同了。节气却依然故我，物候似乎也不怎么关心大数据。

大暑时节，枣子已成熟，碧绿的碎叶已遮掩不住白里泛着红晕的小枣，小孩子趁着大人不在家的时候，拿起竹竿，对着枣树的枝头乱打一气，一阵噼里啪啦的乱响，小枣重重地砸在地上，枣叶纷纷飘落一地。

梨子坠在枝头，肉质饱满，梨子是不能用竿子打的，掉下来，就会摔炸，需爬到树上，树下的人再把竹篮子抛上去，梨子树不高，好爬，在树上，小心翼翼地摘，轻轻地放，篮子满了，就递下去。

田里的瓜，也进入了成熟期，小瓜品种繁多，花皮的，黄皮的，青皮的，长的，圆的，六棱的……青皮的，肉质莹翠，脆甜，花皮的，红红的瓤，蜜一般，黄皮的，水绿的肉质，甜软……

瓜田不纳履，李下不正冠。伏天，随处都是瓜田，瓜田都有瓜棚，有人或没人，似乎没人去偷人瓜吃，走路渴了，直接走进瓜田，打个招呼，吃个瓜解解渴，不算偷。

一般情况下，瓜田多在路边，瓜熟了，摘在路边去卖，

柳荫下，守着一摊瓜，既避暑又卖瓜，还方便路上行人。大热天赶路，出汗多，远远看着树荫下有人卖瓜，不觉加快步伐，在树荫下乘个凉，买个瓜吃，也是一种享受。

辣椒，在暑热的气候下登场了，吃辣椒可以去湿热，辣椒在暑天上市不是偶然的，似乎是大自然生态的必然，万物有灵，相生相克，相互依存。

春玉米可以吃了，掰下来，烧着吃，煮着吃，无不可，过去，口粮不够的时候，春玉米是春秋两季的接济点。

水乡的慈姑、蒲草，都是大暑节气馈赠给人的美味。

物候，在诉说着节气的故事；节气，让物候更具风采。

辑三　　　秋处露秋寒霜降

立秋

立秋
qiū
传统文化
中国传统文化

因上白云深处有人家，停车坐爱枫林晚，霜叶红于二月花

立秋， 在8月7日或8日交节，此时太阳到达黄经135°。《月令七十二候集解》载："秋，揪也，物于此而揪敛也。"立秋标志着炎热的夏天即将过去，秋天随之而来。历书曰："斗指西南维为立秋，阴意出地始杀万物，按秋训示，谷熟也。"立秋后天高气爽，月明风清，气候由热逐渐转凉，谷物成熟。

立秋，新蝉三两声

立秋日曲江忆元九

唐·白居易

下马柳阴下，独上堤上行。
故人千万里，新蝉三两声。
城中曲江水，江上江陵城。
两地新秋思，应同此日情。

"下马柳阴下，独上堤上行。故人千万里，新蝉三两声。城中曲江水，江上江陵城。两地新秋思，应同此日情。"白居易这首诗，是立秋日怀人之作。

时令节气与人似乎有着心灵感应。立秋日，诗人骑马出行，天气尚热，风中已有了干爽的凉意，把马拴在柳树上，独自走上了大堤。诗人漫步在大堤之上，几声蝉鸣从远处飘来，时间过得真快，斗转星移，不觉已立秋，不禁想起远在千里外的故人，我在北方的长安，他在南方的江陵，人隔两地，在这入秋的日子，想来朋友也在惦念着我吧。

节气与人有感应，和物也一样，立秋节气到了，百物也都感受了，它们以各自的姿态，迎接初秋的到来。

谚曰：立秋三天镰刀响。

这条谚语，说的是黄淮地区的物候。三天不是确数，意思是说，立秋后不久就可以收割庄稼了。

收割什么呢？当然不会是收割小麦，小麦的收割季节在夏季的芒种前后。立秋后，收割的是春玉米，还有高粱。

虽说节令是立秋，气温还停留在暑天里，秋后还尾随着一伏。不过，时令到了农历七月，昼夜的温差便大了，夜寒白热，到了晚上，可以睡着觉了。夜里，幕天席地在室外睡觉，天河的星云更加密布，天幕上的星光闪着清凉的寒意。晨起，你会发现被单潮潮的，仿佛重了许多，路边的野草缀满了露珠，露珠似乎也闪着寒光，下田砍玉米、砍高粱，免不了要洗露水澡。

春玉米，是三月种下的。料峭春寒，地气却上来了，白天也长了起来。白天变长，是个漫长的过程，从冬至那天起，夜就一点一点地短，光照一寸一寸地长，大地慢慢积攒着太阳给予的能量。春玉米的种子，在温热的土里扎根吐芽，风过地面，玉米芽感到了凉意，又把它传递到根，根就拼命地往深里扎，汲取更多的养分供给叶芽，以抵御乍暖还寒的春风。春玉米生长期大约120天，比夏玉米长将近一个月。夏玉米是在小麦收割后播种的，秋分前后方可收割。

立秋后，砍玉米，天气还很炎热，可给人的感觉却热得爽。

尤其对于小孩子来说，此时，正在暑期中，可以跟着大人下田，不是爱劳动，诱惑在于玉米秸秆可以当甘蔗来吃，嫩玉米可以煮食。

天一亮，就爬起来跟着大人到了玉米地，玉米叶上挂满了露水，一晃动便会洒落下来。落到脖子里，一个激灵，身上的鸡皮疙瘩就起来了。小孩子不管这个，一头钻进去，头发、眼睫毛都被露水濡湿了，在田里找青玉米秸秆，啃一口尝尝是否甜，若是甜的就做个记号，发现青穗玉米就掰下来，留着拿回家煮着吃。

大人们把玉米拖到场上，剥玉米一般都是在晚上。晚饭之后，大人拎着收音机，一边听广播一边剥玉米。此时，天已暗了下来，月亮明晃晃的悬在天幕上。蟋蟀的歌吟，在夜空响起，似乎在为广播伴奏。渐渐地星星繁密了起来，风，清凉凉地吹拂着，滑过玉米堆，秋意就在不知不觉中浓了起来。

高粱，几乎与春玉米同时开镰。高粱成熟时，高粱穗红彤彤的，故又称红高粱。高粱多种在洼地，大约是因秸秆长得高大，才称之为高粱。高粱长得高大，不怕水淹，高粱与玉米一样，都有庞大的气根，家乡有条歇后语："蜀黍棵里逮青蛙——一条一条来。"从这句歇后语便可推知，高粱地多是洼地。

高粱地曾被诗人郭小川喻为青纱帐，儿时，常在高粱地里玩打仗，钻高粱地，心里便莫名的兴奋，那种兴奋里，隐含着无形的恐惧、希冀，还有种莫名的神秘感。人一钻进高粱地，仿佛进入了神秘的原始森林，人淹没在其中，不辨东西南北。风过处，飒飒作响，以为是鬼来了，吓得汗毛倒竖，不觉就开始在林中乱喊乱唱壮胆，见无人应声，便赶紧掉头窜回来，直窜到田头的小路上，才舒一口长气。

高粱成熟时，穗头红似火。站在高处遥望，幽蓝的长天之下，火海汹涌，波澜壮阔，这时候，想到秋字，一边绿、一边红，"秋"字的天机似乎就这么被泄露了。

高粱，比起别的作物，更具人文情怀。高粱秸秆，可以做屋的顶篷，作用是在它身上卡瓦或铺草。顶起高粱穗的部分叫梃子，就像青菜抽起的菜薹，光滑细匀，可以制作笊篱之类的生活用品。剩下来的边角料，可以穿起来，让学龄前的孩子数数用，我小时候，就用它来启蒙数学，用剪刀剪短还可用作鱼漂。当然，高粱用途最大的部位就不用说了，脱粒后的高粱穗，用处亦不容小觑，可以制作成刷锅碗的刷子、扫地的扫把。

金灿灿的玉米、红灿灿的高粱，晾晒在大场里，油画一般，小孩子坐在场边看守着这幅画，防着谁家的猪、鸡、鸭，或者成群的麻雀来偷吃。说这话时，时令便接近处暑了，真正意义上的秋天，也要来了。

藏在诗词里的 二十四节气

轻罗小扇扑流萤

秋夕

唐·杜牧

银烛秋光冷画屏,轻罗小扇扑流萤。
天阶夜色凉如水,卧看牵牛织女星。

杜牧(803—约852),字牧之,号樊川居士,后世称杜樊川,京兆万年(今陕西西安)人。唐代杰出的诗人,与李商隐并称"小李杜"。著有《樊川文集》。

"银烛秋光冷画屏,轻罗小扇扑流萤。天阶夜色凉如水,卧看牵牛织女星。"杜牧的这首《秋夕》,让我们感受到立秋节气,女子在封闭的深宅大院里的落寞,诗中一个"冷"字,一个"凉"字,便把这首诗清寂的调子给定下了,若换作温暖的字眼,调子或会变得明亮、欢快。

这是立秋时节深院中的一个场景,走出这座大院,门外却是另一番景象。

节气走到了立秋,气温不是就此一刀切下去的,秋后还尾随着一伏,秋老虎的屁股也是不好摸的。民谚曰:立秋瞎

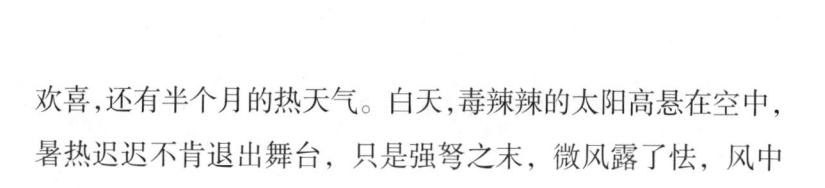

欢喜,还有半个月的热天气。白天,毒辣辣的太阳高悬在空中,暑热迟迟不肯退出舞台,只是强弩之末,微风露了怯,风中隐约着清爽的凉意,昼夜温差开始加大。

俗话说,交了七月节,夜寒白热。人的脚步迈过立秋的门槛,便不用受热夜的煎熬,可以安然入睡了。玉簟秋,差不多就是这个意思。

夜里,是秋虫的世界,秋虫的鸣叫声,经过白月的漂洗,似乎有了清凉的水意,夜也变得湿漉漉,化作了莹莹的晨露,每个露珠都是一粒音符,摇落露珠的声响,便是美妙的月光曲。

晨起,看路边的草丛,露珠缀在草叶上,如同一条绿色的小溪,从草丛走过,鞋子、裤脚都是湿漉漉的。

早晨,农人背着一粪箕子草木灰,趁着露水,撒在白菜苗上,灰白色的草木灰,在露水的浸透下,颜色一点点变深。

鲜嫩的白菜苗,是虫子的最爱,在叶子上撒上一层草木灰,可杀掉虫子,保护菜叶,再有,草木灰含有大量的钾肥,可以被菜叶吸收,白菜苗再生长几天,便可以移栽了。

萝卜可以撒种了,把地挖好,用耙子荡平,土越细碎越好,一块不起眼的泥土,对一粒萝卜种子来说,就是压在它头顶的一座大山,白天依然炎热,种子撒过之后,用草覆盖在土地上面,次日晚上,便可以把草被揭开了。"菜二",菜籽通常在土地里,两天就生根发芽了,晚上揭去草被,让小苗适应一下环境,就不怕白天的阳光了。

院中的葡萄架已挂满了葡萄，一嘟嘟、一串串的，由于昼夜的温差加大，葡萄的甜度也在猛增。

晚饭，一张桌子放在葡萄架下，一家人围在一起，家常便饭，吃得有滋有味，吃完饭，站起身来，摘一串葡萄，也不用水洗，坐在桌前吃葡萄，说绕口令，欢笑声透过葡萄架一直飘向空中。

据说，七月七这天晚上，坐在葡萄架下静心听，能听到女郎织女在说悄悄话。七月七，是七夕节，也叫乞巧节。

杜牧《秋夕》中的女子，在如水的秋夜，坐在石阶上，抬头看着天河上的牛郎、织女。"盈盈一水间，脉脉不得语"，她一定会生出许多闲愁。

据说，每年的七月七，喜鹊都会飞向天河，为牛郎织女相会搭起一座鹊桥。七月七这天，也是下雨的日子，立秋，天旱不怕，有七月七的关节在，夫妻经年不见，相逢岂能不喜极而泣？如果不下雨，农人又有一套说辞，说老夫老妻了，哪有那么多泪，岂能年年都哭？农人是懂幽默的，幽默是一种生存的智慧。

天气晚来秋

山居秋暝

唐·王维

空山新雨后,天气晚来秋。
明月松间照,清泉石上流。
竹喧归浣女,莲动下渔舟。
随意春芳歇,王孙自可留。

"空山新雨后,天气晚来秋。明月松间照,清泉石上流。竹喧归浣女,莲动下渔舟。随意春芳歇,王孙自可留。"王维是用诗来作画的。

立秋时节,空寂的山,雨收云散,凉风习习,明朗的月光从松枝间漏下来,光影斑驳,潺潺的溪水从石上流过。微风吹着竹林刷刷作响,竹林小径上,走来洗衣服的村女,荷叶无风自摇,那是小舟在荷塘里穿行……

如此幽境,乃王维心境的外在表现。

节气由物候来表现。立秋节气,我喜欢水中的荷,荷花已凋谢,莲蓬立在碧绿的荷叶间。不知因何,读到王维的"莲

动下渔舟",莫名地联想到水中的菱角。

初秋,街巷里便有了叫卖菱角的吆喝声:"老——菱——"深一句,浅一句。

推门而出,买上两斤回来,坐在阳台上剥食,粉粉糯糯,秋阳一般。长天一碧秋如水,秋,让人想到淡泊、沉静,秋味如老菱,慢慢地咀嚼着,滋味悠长。

菱角,又称水栗、菱实、灵果,是一年生草本水生植物菱的果实。很多人以为,菱是生长在南方水乡的,其实不然,黄淮地区的河塘水汪,也有菱角的身影,只是没有南方普遍。

记忆中,村里的大汪里种满了菱,挤挤挨挨的,只见碧叶不见水。菱叶浮水互生,聚生于茎端,菱盘呈莲座状,菱角就生长在菱盘上,夏日里开着细碎的白花,晚风一吹,水腥气中透着淡淡的清香。

放学的时候,我们在偏隅的水汪一角偷摘菱角。悄悄蹲下身,在水中捞起菱盘,急切地瞅着可否有菱角,大的,还是小的,大的摘下了,小的就抛下去,近处的被偷摘光了,就探着手臂向纵深处捞,有时会用小竹竿帮忙。当然,只要看水汪的老翁一声大喝,我们立马就作鸟兽散了。

明代李日华《味水轩日记》记载窃菱之事:"由谢村取余杭道,曲溪浅渚,被水皆菱角,有深浅红及惨碧三色,舟行掬手可取而不设塍堘……奴子康素工掠食,偶命之,甚资咀嚼,平生耻为不义,此其愧心者也。"

读后，觉得李君实挺有趣的。

菱角是两角的大菱，皮薄肉饱，白莹莹的菱肉元宝般，脆脆的甜。其实，村外的河道里有的是野菱，无人管无人问，却没有兴趣去摘，也许是没人过问，玩着不刺激，其实更重要的是，野菱角个头小，皮厚且硬，一口下去，肉甜皮涩，涩味大于甜意，影响口感。野菱是四角菱，角硬且尖，一不小心，就会扎破嘴。

《武陵志》记载："四角三角曰芰，两角曰菱。"没有想到还有三角的菱角，恕我孤陋，至今尚未见到过。

秋日采菱，是一件有趣的事。采菱人坐在大木盆中，放手扒拉着菱盘，翻开，采摘，抛下。木盆徐徐前进，后边的水路刚开，又被菱秧合上了，一趟下来，收获满满。采摘过后的菱角汪就开放了，没人看管，可随意打捞，运气好的话，会有不小的收获。说来也怪，兴趣却比以前大减了。

立秋时节，韭菜开始起薹，开花了。

漫步韭菜畦田，秋阳暖暖地拂着，翠绿的韭薹顶着白色的花苞，小小的花苞神似出水的菡萏。单看，羞羞涩涩的，给人低眉嗅青梅的感觉，放眼一望，那气势就不同凡响了，万头攒动。更让人觉得奇妙的是，花苞绽放时的劲爆，恰如升空的礼花，花冠上弹出无数细碎的白色小花粒，随微风抖颤着，煞是好看。

韭花初绽，鲜嫩，采摘下来，老了，花褪籽生，皮青籽黑，咬上去硬硬的，硌牙，影响口感。洗净的韭菜花摊在扁竹筐里晾着，再把已洗好的豇豆、辣椒、黄瓜，或切成段，或切成丝，或切成片，与韭菜花一起加盐等调料掺拌，然后装入瓷坛中，用草纸封口，制作韭菜花酱。

　　立秋，秋何以立？是那些物候把秋托了起来，微风吹来，微凉，秋便在人心底扎了根。

处暑 SUMMER

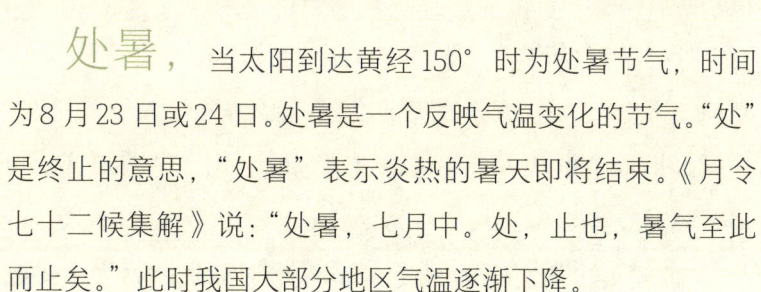

处暑

处暑，当太阳到达黄经150°时为处暑节气，时间为8月23日或24日。处暑是一个反映气温变化的节气。"处"是终止的意思，"处暑"表示炎热的暑天即将结束。《月令七十二候集解》说："处暑，七月中。处，止也，暑气至此而止矣。"此时我国大部分地区气温逐渐下降。

处暑，听蛩断续吟

长江二首·其一

宋·苏泂

处暑无三日，新凉直万金。
白头更世事，青草印禅心。
放鹤婆娑舞，听蛩断续吟。
极知仁者寿，未必海之深。

苏泂（1170—1240），字召叟，山阴（今浙江绍兴）人，南宋诗人，曾跟随陆游学习作诗，与当时著名诗人辛弃疾、刘过、王楠、赵师秀、姜夔等多有唱和，诗文被《永乐大典》收录。

处暑节气的出场，秋天才算压住了阵脚，"处暑无三日，新凉直万金"，天气变得凉爽了，中午依然炎热，节气的更迭，如同经历世事的智者，往往通过草色的变化，见微知著，知道要顺时应势。

"放鹤婆娑舞，听蛩断续吟"，顺应着节气的物候，在处暑时节，看白鹤翩翩飞舞，听蟋蟀的吟唱，本是寻常之事。可是夏虫不可以语冰，有时，看似寻常的事，一旦错过时机，寻常就会变得不寻常。

节气，本用来指导农耕生产，诗人却在节气的物候变化之中感悟人生。当然，这不关节气什么事，节气在它该来的时间节点，准时到来，悄无声息，物候却展现了它的一切，发表了它的主张。

处暑时节，夏玉米开始走向成熟。玉米有春玉米与夏玉米之分，春玉米，春天播种的，立秋之后便开始收割了，到了处暑，已经粮归仓，草归垛了；夏玉米，麦收时候播种的，经过盛夏的快速生长，立秋的孕穗，时令到了处暑，玉米穗差不多要成熟了。

夏玉米的播种不比冬小麦，冬小麦早一个月晚一个月，都会在芒种节气收割，夏玉米晚种一天，秋后收割，就要晚上十天。处暑时，播种早的，玉米可以吃了；玉米粒刚灌满浆，到玉米田里，掰下几穗棒子，去皮生啃，甜甜的，可不扒皮，架在火上烧。但通常都是撕去外皮，在锅中煮。不过，离收割还有一段时日。

芝麻可以收割了，芝麻叶开始枯黄，只有顶上的叶子有些青，或有零星的芝麻花开着，时令到了，芝麻割下来之后，扎成一把一把，靠在向阳的地方晒，芝麻荚在秋阳的照晒下，慢慢咧开嘴，铺开一块大帆布单，倒拿着芝麻捆子，用木棍轻轻地敲打，芝麻纷纷散落，敲过之后，放回原处，继续晒，直至把芝麻敲干净，才算完。

敲芝麻的时候，到芝麻堆上抓芝麻吃。把芝麻捧在手中，一只手往另一只手上倒，在倒的过程中，不时吹风，把芝麻碎叶吹去，白花花的芝麻，躺在手心里，头一仰，掌心里的芝麻便被倒进了嘴里。生芝麻，香，越嚼越香。

芝麻盐，便成了处暑节气的时令美味，芝麻炒熟，放入石臼中，加盐适量捣烂。芝麻盐，就是芝麻与盐，这道菜肴名副其实，没有一点虚华的东西。

秋阳下，棉桃开始裂瓣吐絮，也就是人们通常所言的棉花。棉桃为蕾，花蕾绽放是顺理成章的事，如果棉桃吐絮也算开花的话，棉花在其短暂的生命之旅中，便有过两次开花的经历，一次是在夏日，落花而为棉桃，第二次便在处暑，棉桃开花吐絮。

棉花田头的南瓜秧，似乎有了沧桑感，赭黄色的南瓜躺在瓜藤间，等待着主人。此时的南瓜，经过了夏、秋的风雨，从里到外都成熟了，口感变得甜糯。冬瓜，却正毛嫩，俗话说：秋后的冬瓜毛嫩得很。冬瓜与南瓜一样，秧藤恣意地爬，藤翠叶绿，开白花，花有公母之分，母花才结冬瓜，嫩冬瓜浑身是毛，去皮，可以生吃。

处暑，天气逐渐变得凉爽，它结束了夏热，秋开始起跑加速，作物也在步入成熟的路上。

残暑扫除空

处暑后风雨

宋·仇远

疾风驱急雨,残暑扫除空。
因识炎凉态,都来顷刻中。
纸窗嫌有隙,纨扇笑无功。
儿读秋声赋,令人忆醉翁。

仇远(1247—1326),字仁近,一字仁父,钱塘(今浙江杭州)人。因居余杭溪上之仇山,自号山村、山村民,人称山村先生。元代文学家、书法家。元大德年间(1297—1307)五十八岁的他任溧阳儒学教授,他的代表作品《金渊集》便是在溧阳期间所作,诗文多收录在《永乐大典》中。

民谚曰:一场秋雨一场凉。

处暑时节,天气还有些闷热,一阵狂风吹来,天昏地暗,大雨紧接着就落了下来。骤雨不终日。风去云收,闷热一扫而空,气温骤凉。树倒猢狲散,人间世态的炎凉往往也是如此,都是顷刻间的事。天热时，窗户大开，秋凉了，窗户糊上一层厚厚的纸，还觉得漏风，扇子就是个摆设了，莫名地想到了儿时读的《秋声赋》，想到了欧阳修。

仇远在处暑的一场大雨中体会到了世态的炎凉，诗人的心灵是敏感的。人间的冷暖，万物一理，天人合一。

世间的一切都有定数，年有四季，每季有六个节气，每个节气有三候，四季，二十四节气，七十二候，在一年的大框架中，逐步细化，成了一定的数字，成了庞大的点阵，这些点阵又组成了种种具体的事物。

风是空气流动造成的自然现象，这种现象的背后，是冷热作用的结果。天空有朵雨做的云，云的形成来自地上水气的蒸发，归根结底，依然有关冷热，万物生长靠太阳，太阳就是热源。

有温度，有湿度，就会有生命出现。

"暗淡轻黄体性柔，情疏迹远只香留。何须浅碧深红色，自是花中第一流。梅定妒，菊应羞……"（李清照的《鹧鸪天》）桂花在处暑时节悄然开放了，细细碎碎的花，淡黄，掩在碧绿的桂叶间，不仔细留意，察觉不到，香气却藏不住，弥漫在空气中，被鼻子闻到了，城里不知季节变化，桂花却知道。

梅花嫉妒不嫉妒桂花，我不知道，它们之间隔着一大段光阴，搭不上话，李清照说"梅定妒"，肯定有她的道理。菊花跟桂花在同一时期，是可以比较的。

菊花经过一春一夏的厚积，就等着金风玉露来点醒了，花骨朵抱在枝头，在微风中一点点开放，它是要把秋一点一点推向高潮。

都说芦花白，那是深秋的事了。处暑节气里，芦花是青的，有着秋水、长空一样的颜色，我觉得，此时的芦花格外有味道。

野草随时随地都在生长，秋草长出来，就开花结子，野草的体内有个生物钟，它知道秋天意味着什么，农人在处暑时节是要锄草的，在草籽没有成熟之前，人与草，草与节气，节气与人，在玩着一场无穷无尽的游戏。

此时，大白菜要栽了。拔下育好的白菜秧苗，整好土地，刨坑、浇水、封土。大白菜栽好之后，需要连续浇几天水，说浇，不够准确，应该说喷水，栽大白菜的时候，土往往把菜心盖住了，大白菜生长全靠菜心，需要用喷壶对着菜心喷，又不能多喷，只能增加喷水的次数，直到菜心挑出叶子。

辣椒在初秋到了它的黄金时期，辣椒像鞭一样编在辣椒棵上，白花青椒，辣椒从青变紫，由紫变红。辣椒红了，摘下来，晒干，或串成串，挂在屋檐下，让它自己慢慢风干，也是农家院的一道风景。

处暑节气，真正的秋天来到人间，秋风扫落叶，秋把虚浮的叶子扫走了，留下了沉甸甸的果实，秋意中，有寒凉，亦有温暖。一个"秋"字，泄露了秋的天机。

白露

白露，交节在9月7日或8日，此时太阳到达黄经165°。"白露"是反映自然界气温变化的节令，《月令七十二候集解》中解释"白露"节气说："白露，八月节。秋属金,金色白,阴气渐重,露凝而白也。"此时"气始寒也"，"水土湿气凝而为露"，表明气温已经降低到可以使水汽在地面上凝结成水珠了。

白露，露从今夜白

月夜忆舍弟

唐·杜甫

戍鼓断人行，秋边一雁声。
露从今夜白，月是故乡明。
有弟皆分散，无家问死生。
寄书长不达，况乃未休兵。

唐玄宗天宝十四年（755年），安史之乱爆发，乾元二年（759年）九月，叛军安禄山、史思明从范阳引兵南下，攻陷汴州，西进洛阳，山东、河南都处于战乱之中。杜甫的几个弟弟离散在这一带，音信隔绝。

白露时节，月近中秋，杜甫在秦州躲避战乱，月光如水，夜风凄凉，不禁想到离散的弟弟，情不自已，写下了《月夜忆舍弟》一诗。"戍鼓断人行，秋边一雁声。露从今夜白，月是故乡明。有弟皆分散，无家问死生。寄书长不达，况乃未休兵。"

此诗的情感触发点，无疑是白露。"露从今夜白，月是故乡明。"驻军的鼓声想起了,路上见不到一个行人,兄弟音信茫茫,秋空里传来大雁的啼鸣,凄清、荒凉、萧索,眼前的景象,实乃诗人心境的折射。

"蒹葭苍苍,白露为霜。"中秋八月,秋走到这儿,秋水长天,不深不浅,秋味微醺。"停车坐爱枫林晚,霜叶红于二月花。"白露的秋,足可以醉人。

八月望日,在白露节气里,月满人团圆,是一个团圆的节日,早在杜甫的时代,已有了。古代,帝王有春祭日秋祭月的礼制。在民间,八月中秋,也有祭拜月亮的习俗。我国是农耕文明的国家,土中求食,靠天吃饭,但凡有点什么,总期望着风调雨顺。

八月,黄叶飘飞,黄金铺地,是农人收获的季节。仓廪实而知礼节。月到中秋时,粮已归仓,草也归垛,辛劳三季的农人,在满月的柔光中,全家团聚在一起,享受着劳动的成果。

中秋吃月饼的习俗,由来久矣。据说月饼最初起源于唐朝军队祝捷。唐高祖年间,大将军李靖征讨匈奴得胜,八月十五凯旋。当时一胡商向唐高祖李渊献饼祝捷。李渊接过华美的饼盒,取出圆饼,抬眼望月言道:"应将胡饼邀蟾蜍。"便把圆饼分与群臣享用。"胡饼"入乡随俗,改称为月饼。

八月,新鲜的栗子上市了,糖炒栗子的香味飘满了大街。糖炒栗子,也不知它是哪位先民发明的。火中取栗,我怀疑

是山火让先民发现了栗子的美味。

郝兰皋的《晒书堂笔录》有"糖炒栗"记载:"栗生啖之益人,而新者微觉寡味,干取食之则味佳矣,苏子由服栗法亦是取其极干者耳。然市肆皆传炒栗法。余幼时自塾晚归,闻街头唤炒栗声,舌本流津,买之盈袖,恣意咀嚼,其栗殊小而壳薄,中实充满,炒用糖膏则壳极薄脆,手微剥之,壳肉易离而皮膜不粘,意甚快也。"

葡萄亦开始采摘。汪曾祺在《葡萄月令》里说:"八月,葡萄'著色'。你别以为我这里是把画家的术语借用来了,不是的。这是果农的语言,他们就叫'著色'。下过大雨,你来看看葡萄园吧,那叫好看!白的像白玛瑙,红的像红宝石,紫的像紫水晶,黑的像黑玉。一串一串,饱满、磁棒、挺括,璀璨琳琅。你就把《说文解字》里的玉字偏旁的字都搬了来,那也不够用呀!可是你得快来!明天,对不起,你全看不到了。我们要喷波尔多液了。一喷波尔多液,它们的晶莹鲜艳全都没有了,它们蒙上一层蓝兮兮、白糊糊的东西,成了磨砂玻璃。我们不得不这样干。葡萄是吃的,不是看的。我们得保护它。过不两天,就下葡萄了。一串一串剪下来,把病果、瘪果去掉,妥妥地放在果筐里。果筐满了,盖上盖,要一个棒小伙子跳上去蹦两下,用麻筋缝的筐盖。新下的果子,不怕压,它很结实,压不坏。倒怕是装不紧,逛里逛当的。那,来回一晃悠,全得烂!葡萄装上车,走了。"

梨子，个头大，水分足，怕磕碰，稍微磕碰一下，梨子就会腐烂，把梨子摘下来，就要套个泡沫花套，在运输过程中，减少损失。这种经验，也是生活智慧。

梨味美汁多，富含多种维生素和纤维素，不同种类的梨味道和质感都完全不同。水果少有煮熟吃的，梨子就可以，诸如冰糖雪梨、梨糕糖之类。秋天，天气干燥，人容易上火，可多食梨子，民间的说法，梨子属阴，润燥去火。

柿子挂在枝头，已悄然换装，变作了橙黄，成为白露节气的一景。在水果中，柿子性格独特，别想从枝头摘下来就可以往嘴里送，它涩着呢。小孩子不知什么是涩，拿来柿子就吃，眼泪也不会把涩冲刷掉。想吃柿子，先要去涩，乡间有许多去涩的法子，无论什么方法，最终都要交给时光去柔化、软化。

八月，作物都进入了成熟期，就像月盈转向月亏，一行大雁越过一片芦苇荡，飞向如洗的长空，声声大雁的啼鸣，从远处飘来，一种莫名的感思涌上心头。"戍鼓断人行，秋边一雁声"，杜甫在离乱的八月之秋，怎么会不感伤呢！

藏在诗词里的二十四节气

露沾蔬草白

咏廿四气诗·白露八月节

唐·元稹

露沾蔬草白，天气转青高。
叶下和秋吹，惊看两鬓毛。
养羞因野鸟，为客讶蓬蒿。
火急收田种，晨昏莫辞劳。

白露节气，晶莹的露珠缀在疏黄的秋草上，天朗气清，天空湛蓝高远。落叶在秋风中飘零，岁月无情，两鬓已染霜，不觉已步入人生之秋。鸟儿在储备越冬的粮食，羁旅感叹风中的飘蓬。到了忙着秋收秋种的时令，农人起早贪黑，不辞劳苦。

农耕文明，是一种慢文化。一切都按部就班，是急不来的，一千多年前的唐代，元稹在白露八月节所见的景物、农人的劳动情形，而今，仍在乡村重复着。

时令到了白露，梧桐落叶，美不胜收，梧桐叶发的迟，却落得及时。一叶落而知天下秋，说的就是梧桐的叶。秋叶

辑三　秋处露秋寒霜降

梧桐，可入画，更受文人骚客们青睐，在此，我就不列举了，从诗经、古诗十九首乃至唐诗、宋词、元曲……数不胜数。

梧桐叶落光了，梧桐籽已成熟，一嘟嘟坠在指天画地的枝干上，风吹枝干呜呜响，梧桐籽随风撒落，打在屋瓦上，噼啪作响，如夜雨滴檐。尤其是清夜，四处静寂，偶有蟋蟀唧唧，明月清清冷冷地洒落在窗外，声响愈显清脆，翘头望着轮廓分明的梧桐，叶发叶落又一年，别有一番滋味涌上心头。

溪边的杨树，被秋风抹上了一层明黄，映照在水中，溪水晃动着金子。微风吹来，树叶纷纷飘落，落到溪水里，激起细细的涟漪；飘到地上，随着风在大地上一路小跑，刮得地面咔咔地响，也不知道它要向哪里跑，只是盲目地跟随着风，不过，它们倒是总能在背风处寻找到同伴。

田里的玉米开始收割了，还有春山芋，镰刀割去山芋秧子根部，便见山芋把土梗子都撑裂开了，一镐子下去，一提溜山芋就被刨了出来，干活时，不忘在山芋沟里生着火，挑顺眼的山芋放在火里烧，山芋差不多烧熟了，人也觉得乏累了，便到火堆里扒山芋，捏一捏，软了，便坐在山芋梗子上大快朵颐，也算是歇歇了。

夜晚到山芋地里看山芋，八月的天气，夜晚有点冷，山芋沟里燃起火堆，幕天席地，身旁是小山般的山芋堆，耳边是各种虫鸣的交响，流星划天而过，繁星满天，淡淡的烟味飘过来，味道有点呛人。

藏在诗词里的二十四节气

地里的野草，此时都变成了野花。马齿苋开花了，明黄色的小朵，鲜艳异常，腋生于肥厚的叶片之下，叶色淡淡的水红，花朵明亮金黄，想象一下，整株都被鲜明的黄花点缀，是不是十分醒目。

萋萋芽也要开花了，萋萋芽初夏就开始生长了，到了白露时节开始开花，萋萋芽叶碧根白，叶片互生，椭圆形，边呈锯齿状，齿端生有毛刺，嫩时，叶刺可忽略不计，人喜欢吃的东西，猪就不用说了，我倒是铲过它喂猪。

萋萋芽开花，花为红色，那种红，不是水红，不是大红，也非紫红，应该叫嫣红、殷红，红中隐约雪青，赏心悦目。花瓣层层叠叠的，花蕊金黄，花褪成球。此时，叶片上排列的毛刺，似乎已被时光木质化了，坚硬代替了柔弱，即便是斩草除根，哪怕是晒干了，也会扎人，一不小心，就会被它的刺扎出血来。

萋萋芽这种现象十分有意思，让我无端地想到了女人。豆蔻年华的少女，柔情似水，温婉可人，一副弱不禁风的样子；可一旦为了人母，就会变得坚强无比，为子女站成一道避雨挡风的墙。有时，人与物是相同的，人有人性，物有物理。

河边的红蓼已开花，花为穗状，色如火红，一丛丛，燃烧在水边，一边是水，一边是火，竟能相安无事，和谐与共。夏日，成群的蜻蜓在河边草丛飞舞，晚上便落在红蓼上过夜，燕子也是常客，从水面掠过，飞向蜻蜓。此时，蜻蜓少了，燕子已飞向南方。

  元稹的诗中说"火急收田种",收是要抓紧,比如大豆、棉花之类,趁着天晴地干,抓紧收了,怕遇到连阴天,秋雨绵绵,一时半会儿晴不了天。至于播种,倒不是那么着急,这个节令播种,多是越冬的作物。农人不辞劳苦,说的一点不假。

青霜红碧树

秋圃

宋·杨万里

何处秋深好，山林处士家。
青霜红碧树，白露紫黄花。
一熟雠频雨，朝晴祷暮霞。
连宵眠不著，犹自爱新茶。

杨万里的这首《秋圃》，写的就是白露节气，山野乡村秋圃的景象、感受。

白露节气，是秋季最美的时节，少了初秋的暑热，没有寒露、霜降的凄寒，昼夜温差拉大，白天积攒下来的少许温热，便被夜风的凉意化成了清凉的露水，气温不冷不热，树木花草在悄然地升华着自己。

什么地方秋意最好，山野乡村的人家。绿树经过微霜之后，树叶由绿转红，篱边的菊花被晶莹的露水洗过，姹紫嫣红。田里的庄稼快要成熟了，就怕绵绵的秋雨，若想晴朗的秋天，就要祈求晚霞满天。民谚曰：朝霞不出门，晚霞行千里。

看来诗人是熟悉这条民谚的。诗人显然被山林的美景醉倒了，夜里困意全无，即便是如此，还是舍不得放下手中浓香的茶水。

时令到了白露，美就在露水的清与白。秋野里，野草杂花，各类作物，大都进入了成熟期，日趋饱满，显示出了沉静之气，有了白露的点缀，便在沉稳之中增添了几分灵动。

路边的野草，变得赭黄，远远地看上去老气横秋的样子，风过来落上一层灰土，风过去吹落了旧尘，又挂了一层新的。一夜露水的雾化，晨曦中，草叶上缀满了露珠，在阳光下闪着光芒，草色又盎然着绿意，成了一条波光闪动的河流。绿色的蚂蚱趴在草叶上，似乎在欣赏着白露中的草色。

菊花无疑是秋天的主角，黄的、白的、紫的……一簇簇，一丛丛，野生的，被秋草包围着，露水似乎也十分青睐它们，晶莹的露珠滴在花瓣上，欲坠未坠，有心人若把那些花露收集起来，该是多么宝贵，白色的小蝴蝶翩翩而来，绕着花飞来飞去，因何不落下来，饮花上的甘露？

"蒹葭苍苍，白露为霜。所谓伊人，在水一方。"白露中的芦苇，正充满了诗意，水的清瘦映衬着芦苇的修长，芦穗伸长了脖颈，想把远天的白云围在脖子上，白云身影一闪，藏在了水底，芦苇亦跟着追到了水中，水天一色，难怪伊人会选在此处与心上人约会。

大豆叶已变黄了，像是随微风飘动的彩蝶。豆叶，古时称藿。《诗·小雅·白驹》云："食我场藿。"就是吃豆芽。

大豆，刚发芽时，是可以吃的，寒露时节，把大豆收割下来，运到土场上，晾干晒透，用连枷敲打，或用碌碡滚压，大豆连同杂土豆草堆在一起，用木锨扬去浮土草叶，留下一堆金黄的大豆，等到豆子归仓，豆草归垛，大场也就干净了。一场绵绵的秋雨一落，不几天，豆芽就从大场上的犄角旮旯冒了出来，这一片，那一片，油油的绿，挎着篮子拔豆芽，鲜嫩的豆芽，清炒，是真正的时令鲜蔬。

玉米秸已苍老了，风飒飒地吹来，玉米似乎亦懒得晃动了，玉米穗沉重地压在玉米秸的腰间，想不懒也不行了，只等着老农的镰刀了。

秋蝉藏在河堤的柳枝里，半天叫一声，浓浓柳荫，偶或的蝉鸣，给人一种恍惚之感，这是白露节气吗？

白露，露从今夜白，秋意也从今天成诗。

秋分

秋分，交节时间为9月23日或24日，此时太阳到达黄经180°，直射赤道，南北半球昼夜平分，在北极点与南极点附近，可以观测到太阳整日在地平线上转圈的特殊现象。秋分之后，北半球各地昼短夜长，这种现象将越来越明显。汉代董仲舒《春秋繁露·阴阳出入上下篇》记载："秋分者，阴阳相半也，故昼夜均而寒暑平。"秋分的"分"就是"半"的意思。秋季三个月分别被称为"孟秋""仲秋"和"季秋"，秋分时节恰值仲秋，平分秋色。

秋分，秋分客尚在

晚晴

唐·杜甫

返照斜初彻，浮云薄未归。
江虹明远饮，峡雨落馀飞。
凫雁终高去，熊罴觉自肥。
秋分客尚在，竹露夕微微。

到了秋分节气，意味着要步入秋季下半场，这段时间，气温不冷不热，秋味渐入佳境，花草树木、果蔬作物，都呈现出应有的状态，少了初秋时的慌张，物尤如此，人何以堪？不免要起秋思。

杜甫的这首《晚晴》，就是在秋分时节，被雨后的秋景触动了。

雨后初晴，橘红的夕阳返照过来，天空明亮澄澈，一道彩虹从远天跨过，片片白云带着雨意飘向山间。大雁高飞，向南方迁徙，熊罴在山林中悠然自得。

此时此刻，身在他乡的杜甫，怎么能不触景生情？秋分节气，万物都有了归属，诗人却羁旅在外。诗的最后一句，"竹露夕微微"，如同一个特写镜头，不动声色地把心头的情化作了眼中的景，言有尽而意无穷。

秋分，在秋季似乎有着特殊的地位，意义不仅在于农事，还具有厚重的文化内涵。

据史书记载，早在周朝，古代帝王就有春分祭日、夏至祭地、秋分祭月、冬至祭天的习俗。其祭祀的场所则分别被称为日坛、地坛、月坛、天坛，分设在东南西北四个方向。至今我国各地仍遗存着许多"拜月坛""拜月亭"之类的古迹。民间各地也都有祭月习俗。

二十四节气，是在漫长的岁月里不断完善的结果。春分、夏至、秋分、冬至，在四季中占据核心的位置，是古代所谓的"四时"，是最早确定下来的。秋分日祭月，可秋分不一定都在每月的望日，后来便将祭月的日子改到了中秋。

北京的月坛就是明代嘉靖年间为皇家祭月修造的。《北京岁华记》记载："中秋夜，人家各置月宫符象，符上兔如人立；陈瓜果于庭；饼面绘月宫蟾兔；男女肃拜烧香，旦而焚之。"后来渐渐演变，中秋变成了吃月饼赏月的团圆节。

秋分时节，农事正忙，玉米要收割了，玉米的秸叶皆已枯黄，成熟的穗子耷拉着脑袋，随时等待着农人的镰刀。玉米被砍倒后，要把穗子掰下来，运到土场上，还要把玉米穗的外皮扒掉，摊在场上晾晒。晚上，趁着月光，搓玉米，每样活儿都烦琐费时，田里的玉米秸晒得半干了，需要把它们捆成捆，运出去，垛起来。

牛拉着犁开始进地，在未耕地之前，要把土杂肥拉到田里，匀好，让田里的每寸土地都吃到肥料，农人会根据土地的具体情况调整耕犁的深度，在犁具上套好牛，鞭子在空中一划，啪的一声脆响，便发出了秋耕的号令，牛拉犁耕地，人在犁沟里撒化肥，农人手扶着犁把，肩头背着长长的牛鞭，嘴里哼唱着小调。

大黄豆，不仅豆荚、豆子色黄，豆叶在秋分的时候也是黄澄澄的，叶落满地，豆荚像是编在豆秧上，秋阳下，豆荚欲裂，若收割不及时，豆荚炸开，豆粒就会落到土地上，田鼠抢在农人收割之前疯狂地盗取豆荚，储备越冬的食物。

大豆收割之后，开始耕豆地。有种专门吃豆叶的虫子——豆虫，豆叶老的时候，它便下蛰了，下蛰的豆虫，是一道美味，洗净斩碎，与辣椒一起炒，味道有种言不出的鲜美。豆虫在余火中烧熟，铰成小节，挂在鱼钩上做鱼饵，钓鲶鱼必备。耕豆地时，有人提着陶罐，跟在犁后捡拾豆虫，也是耕地一景。

地耕好、耙平，要播种冬小麦了。

农人一辈子与土地打交道，有土地，就有落脚的地方，缺什么都到土里去讨要，秋天在农人眼里都是活儿，没有诗人那么敏感，便是看到了南飞的雁，也认为是正常现象，习而不察，绝不会大惊小怪。

时节欲秋分

夜喜贺兰三见访

唐·贾岛

漏钟仍夜浅,时节欲秋分。
泉聒栖松鹤,风除翳月云。
踏苔行引兴,枕石卧论文。
即此寻常静,来多只是君。

贾岛(779—843),唐代诗人,字阆仙,自号碣石山人,人称"诗奴"。"推敲"一词,便是他与文学家韩愈共同创造出来的,诗与孟郊齐名,素有"郊寒岛瘦"之称。唐时河北道幽州范阳县(今河北省涿州)人,著有《长江集》。

一日,贾岛在驴背上琢磨诗句——"鸟宿池边树,僧敲月下门。"也可把"敲"改作"推",便在驴背上,做起了"推"与"敲"的动作,完全忘我了。此时,京兆尹韩愈的仗队过来了,贾岛避让不及,冲撞了韩愈,韩愈问明因由,说还是"敲"字更妙,遂成知己。

贾岛是个有趣的人,这首《夜喜贺兰三见访》,便能感觉得到,秋分时节的夜晚,寂静的山岭中,泉水哗哗地流淌着,吵醒栖息的松鹤,扑棱一声飞走了。夜空中,微风吹散遮月的云朵,此时,好友来访,在林间小路上漫步谈诗,走累了,随意在山石上构思诗文。

世上,总有些人是常人所无法理解的:明朝的张岱,雪月泛舟西湖,大雪飘飞,四处白茫茫的,不想,就在这样的雪天,湖上已有人在此饮酒。常人不能理解,就是非常人。贾岛在幽静的山林中,便有同好者来访。

郁达夫也是个有趣的人,秋天,他想感受北平的浓烈秋味,便不辞劳苦,从南方辗转到北平,只为"故都的秋"。

北国的秋,却特别地来得清,来得静,来得悲凉。我的不远千里,要从杭州赶上青岛,更要从青岛赶上北平来的理由,也不过想饱尝一尝这'秋',这故都的秋味。

江南,秋当然也是有的,但草木凋得慢,空气来得润,天的颜色显得淡,并且又时常多雨而少风。一个人夹在苏州上海杭州,或厦门香港广州的市民中间,混混沌沌地过去,只能感到一点点清凉,秋的味,秋的色,秋的意境与姿态,总看不饱,尝不透,赏玩不到十足。秋并不是名花,也并不是美酒,那一种半开、半醉的状态,在领略秋的过程上,是不合适的。

在北平即使不出门去吧，就是在皇城人海之中，租人家一椽破屋来住着，早晨起来，泡一碗浓茶，向院子一坐，你也能看得到很高很高的碧绿的天色，听得到青天下驯鸽的飞声。从槐树叶底，朝东细数着一丝一丝漏下来的日光，或在破壁腰中，静对着像喇叭似的牵牛花（朝荣）的蓝朵，自然而然地也能够感觉到十分的秋意。说到了牵牛花，我以为以蓝色或白色者为佳，紫黑色次之，淡红色最下。最好，还要在牵牛花底，叫长着几根疏疏落落的尖细且长的秋草，使作陪衬。

北国的槐树，也是一种能使人联想起秋来的点缀。像花而又不是花的那一种落蕊，早晨起来，会铺得满地。脚踏上去，声音也没有，气味也没有，只能感出一点点极微细极柔软的触觉。扫街的在树影下一阵扫后，灰土上留下来的一条条扫帚的丝纹，看起来既觉得细腻，又觉得清闲，潜意识下并且还觉得有点儿落寞，古人所说的梧桐一叶而天下知秋的遥想，大约也就在这些深沉的地方。

还有秋雨哩，北方的秋雨，也似乎比南方的下得奇，下得有味，下得更像样。

在灰沉沉的天底下，忽而来一阵凉风，便息列索落地下起雨来了。一层雨过，云渐渐地卷向了西去，天又晴了，太阳又露出脸来了，着着很厚的青布单衣或夹袄的都市闲人，咬着烟管，在雨后的斜桥影里……

辑三　秋处露秋寒霜降

　　北方的果树，到秋天，也是一种奇景。第一是枣子树，屋角，墙头，茅房边上，灶房门口，它都会一株株地长大起来。像橄榄又像鸽蛋似的这枣子颗儿，在小椭圆形的细叶中间，显出淡绿微黄的颜色的时候，正是秋的全盛时期，等枣树叶落，枣子红完，西北风就要起来了，北方便是沙尘灰土的世界，只有这枣子、柿子、葡萄，成熟到八九分的七八月之交，是北国的清秋的佳日。

　　秋分节气，在农人眼里，是收种，是物质的，而在文人眼里，是趣味，是形而上的文化。

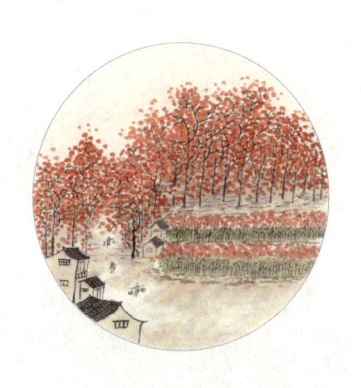

寒露

寒露，太阳到达黄经 195°时交寒露节气，时间一般在 10 月 8 日或 9 日。《月令七十二候集解》载："寒露，九月节。露气寒冷，将凝结也。"寒露节气气温比白露时更低，由白露时的凉爽变为寒冷，地面的露水更冷，快要凝结成霜了。也正如俗语里所说："寒露寒露，遍地冷露。"

寒露，莲子已成荷叶老

怨王孙·湖上风来波浩渺

宋·李清照

湖上风来波浩渺。秋已暮、红稀香少。
水光山色与人亲，说不尽、无穷好。
莲子已成荷叶老。青露洗、蘋花汀草。
眠沙鸥鹭不回头，似也恨、人归早。

李清照（1084—1155）号易安居士，齐州济南（今山东省济南市）人，宋代著名诗人、词人，婉约词派的代表，有"千古第一才女"之称。著有《易安居士文集》《易安词》，已散佚。后人辑录有《漱玉词》《李清照集校注》。

秋天，尤其是暮秋时节，草枯水瘦，木叶飘飞，不免让人触景伤怀。

"湖上风来波浩渺。秋已暮、红稀香少。水光山色与人亲，说不尽、无穷好。莲子已成荷叶老。青露洗、蘋花汀草。眠沙鸥鹭不回头，似也恨、人归早。"李清照这首《怨王孙》，却写得清新、灵动，行文如行云流水，流露出诗人欢快的心情。

站在湖边，微微的秋风吹来，湖面波光浩渺，一眼望不透。暮秋的寒露节气，花儿都凋谢了。眼前的湖光山色，却让人感到十分亲切，有种说不尽的美好。

湖面上，莲蓬已成熟，荷叶尽显苍老之态，岸边的野花杂草，赭黄的叶子缀满晶莹的露珠，水边沙滩上的鸥鹭，把头插进翅膀，似乎在埋怨着游人早归。

景色之于秋，乃四季情景剧的一个段落，立秋、处暑、白露、秋分、寒露、霜降，剧情到寒露时，便进入了高潮。红稀香少，莲子已成荷叶老，清露洗，蘋花汀草，正是寒露的物候，准确点说，是黄淮地区寒露时节的物候。

寒露时的芦花，开得正好。此时，水是瘦的，细细的一脉水流，弯出一片芦苇荡，青灰色的芦花倒影在清澈的河水中，天空宝蓝，大约被芦花所吸引，探下头来，一不小心，片片白云也落到了水里，若有群大雁正好路过，那就更妙了，咔嚓一声，抓拍下来，就是一首精美的唐诗。

野生的金钱菊，平日里不起眼，混迹在草丛中，此时无疑成了主角，无论是成群结队，还是零星散落的，无不引人注目。其实相对成片的金黄，我更中意孤株的明艳，不娇夸，不矜持，在草丛中兀自绽放着，平平淡淡，温暖，能暖到人的心里去。蹲下身来，仔细地端详着，鱼鳞般的花瓣，浅浅的黄，苔绒绒的蕊，黄得浓烈，却嫩嫩的，瞧着瞧着，眼前便会模糊成一片晕黄的花影，思绪也随之飘飞了，似有感触，而又漫无目的。

露水，是大自然对秋的偏爱，明明地泛在翠生生的萝卜缨上，果蔬中，把叶片称缨的，为数不多，就我现有的知识，都是"萝卜家族"的，比如胡萝卜的叶子也叫缨子。用"缨"字比喻顶在萝卜头上的叶片，形象而传神，梗红面翠，表层有着绒绒的细毛，露水便附着在绒毛上，露珠缀在叶边，微风过处，滴答有声。当然，这要在心静时方能听得到，急匆匆而过，是不会听见的，这不是听力的问题，而是心不在焉。

过去，萝卜缨招病虫害了，趁早晨的露水没有化（蒸发掉），撒上草木灰，浅灰色的草木灰，被露水一浸，立马呈深褐色，看上去，就像顽皮的小姑娘披上外婆的藏青色的大襟褂，煞是有趣。草木灰含有钾肥，钾肥对根大有裨益，如此一来，既消除了萝卜的病虫害，又促使萝卜长个，可谓一举两得。

生长期的萝卜，水嫩嫩的，挑选个头大点的，拔出来，水红色的萝卜，长长的尾巴上满是肉色的毛须，撸掉带露的萝卜缨，擦一擦，咔嚓一口，清脆异常，甜甜的味道极爽口。

辑三　秋处露秋寒霜降

荷叶间的莲蓬悄然地睁开了眼，它是不知道荷叶的变化的，苍苍的荷叶不知何时变得不那么翠，仿佛叶片也变厚了许多，似乎随时就会被风摧折，无精打采的，水也随之暗淡了下来。小舟荡过来，那是来采摘莲蓬的，顺便也把秋意采摘了。

等到路边晒满了萝卜缨，芦花雪满头时，残荷正在瑟瑟秋风中听雨……这时候，草色已是满眼赭黄，鸡爪板桥霜，秋便走进了霜降的地界，寥廓霜天，秋便渐渐地远了。

藏在诗词里的二十四节气

菊花须插满头归

定风波·重阳

宋·苏东坡

与客携壶上翠微,江涵秋影雁初飞,尘世难逢开口笑,年少,菊花须插满头归。酩酊但酬佳节了,云峤,登临不用怨斜晖。古往今来谁不老,多少,牛山何必更沾衣。

《月令七十二候集解》载:"寒露,九月节。露气寒冷,将凝结也。"寒露,昼夜的温差比白露时节更大了,水汽凝结成露,露水的寒气更重,旷野平阔,天蓝气清,又适逢重阳,少不了到郊外赏菊、登高。

带着酒与客人一起登山,江水倒映着秋景,倒影中一定少不了南迁的大雁身姿,人生于世,难得几次开怀大笑,趁着年少,在这大好的秋光里,一定要头上插满菊花,玩个痛快再回去。面对着佳节美景,不喝酩酊大醉,就对不起眼前的景色,朝着云山高处攀登,登高望远,下临滔滔江水,夕阳返照,波光粼粼,不要埋怨太阳快下山了,古往今来，有谁不老，怕是数也数不清，何必要像齐景公登牛山触景伤感、老泪纵横呢？

"登临不用怨斜晖""菊花须插满头归"，东坡先生恬淡、达观的人生态度，似如一股清气，让人神清气爽。

重阳，又称重九。古人把自然数视有神性，自然数有奇数、偶数，奇数为阳，偶数为阴，九在奇数最大，乃阳中之阳，九月初九，两"九"巧遇，谓之重阳。重九的源头，可追溯到先秦之前。《季秋纪》载："（九月）命家宰，农事备收，举五种之要。藏帝籍之收于神仓，祗敬必饬。是日也，大飨帝，尝牺牲，告备于天子。"

史料可查，重九节始于远古时期，成型于春秋战国，普及于西汉，鼎盛于唐代，并在唐代正式被定为民间的节日。重阳节，在漫长的历史岁月之中，被不断地添加新的内容，诸如登高、赏菊、敬老等等。

可以说，重阳给寒露节气增添了丰厚的文化内涵。节气本来的意义，在于顺应自然，因势利导，指导农事。在从事农事的过程中，先人不断总结经验，丰富节气的内涵，形成了有关的节气文化。

寒露节气，有着寒露的物候，芦花白，菊花黄，蟹脚痒，小麦已冒芽，麦田里晾晒着山芋干，萝卜长成了，辣椒开始了最后的疯狂，在拼命地开花……

辣椒的适应能力让人佩服，春天栽种，天气尚寒，它在凄寒的风雨中，根紧紧抓着大地，汲取着温热的地气，来抵御不可理喻的倒春寒。到了盛夏，烈阳当空，辣椒在炙热的阳光下，开花、打纽、成长，由青变红，以它的鲜红回敬如火的阳光。及至秋天，它穿过末伏初秋的余热，走到浓浓秋意的白露，来到肃杀的寒露，依然葱茏茂盛，辣椒的枝叶不断生发，不断开花，嫩绿的叶，白色的花，寒露在花叶间凝结，晨曦中，闪动着明亮的波光。花褪，青青的辣椒长出来，朝着太阳的方向，这便是"朝天椒"，也成了寒露节气的风景，寒露节气的辣椒，个头小，辣味却更甚。

棵子上面的嫩辣椒青青的，下边的已经红了，摘掉红辣椒，撒在麦田里晾晒，白天晒，晚上露，晒干为止。

麦田里，小麦刚从土里钻出来，麦芽如针，早晨，麦针上穿着一滴晶莹的露珠，每一株麦芽都有，在田边遥遥一望，就像刚落过雨，神奇的是，雨都落在了麦芽上，地却是干干的，地里有成片红的辣椒，白的山芋干子。

山芋不好储存，农人便把山芋切成片，在麦田里晾晒，把山芋地腾出来耕种小麦，在寒露节气，好像所有的空地都被种上了小麦，需晾晒的作物，大都在麦田里，麦田便成了晒秋的大场。

菊花，在寒露时节，风华正茂。"我花开后百花杀"，菊花有着十足的个性，不受百花之主东君的挟制，我行我素，狂放不拘。百花迎着春风绽放时，菊花眼皮都不翻一下，自顾自地遵循着内心，慢慢地生长，百花开得姹紫嫣红，菊花长得枝叶葱茏，一团浓绿，蓄势待发，等待着时机。在大地一片萧瑟之时，菊花抬起高傲的头，给秋天注入了生机，温暖着人间。

菊花黄的时候，亦是大闸蟹最肥美之时，清代的李渔，嗜蟹如命，每年年初都要攒下钱来，以备购蟹，他自称这些钱为买命钱。蟹的美味在于自身的鲜，保持蟹的本味，最佳的途径，便是直接上锅蒸煮，佐料仅醋、姜丝而已。

柿子，此时像一盏盏灯笼挂在树上。在乡村，柿子树是不会缺席的，几乎家家都有柿子树，柿子树讨人喜，倒也并非因柿的谐音，老百姓图的是实惠，院中栽上一株柿子，让孩子们有点念想。柿子树不招虫，夏天，柿树如伞，树下摆上一张桌子，一家人围着桌子吃饭，晚上，把桌子撤了，搬来一张木床，纳凉度夏，月光透过密密匝匝的柿子叶，筛下细碎的月光，银白的，似乎有着清露般的沁凉，父亲坐在床沿上，不厌其烦地讲着牛郎织女的故事，孩子们早已熟睡。

村头，有一株古老的柿子树，树身不高，却枝繁叶茂。枝衍四方，一蓬一蓬，错落有致，柿子树枝柔软，不易折断，那棵柿树就成了我们的游乐之所。我们喜欢在树上玩一种叫"摸瞎将"的游戏，一人用头巾裹住眼睛，蒙眼捉人，几人在树枝间跳来跃去，口中念念有词，或哼着流行歌，或调侃蒙

眼者,或齐声唱着一首不知出处的童谣。若有人一时大意被捉,角色便会被互换过来,游戏继续……

红红的柿子,让寒露节气有了暖意。

霜降

霜降，太阳位于黄经210°，交节时间为10月23日或24日。霜降是指初霜，《月令七十二候集解》载："九月中，气肃而凝露结为霜矣。"《二十四节气解》载："气肃而霜降，阴始凝也。"可见"霜降"表示天气逐渐变冷，开始降霜。

藏在诗词里的 二十四节气

霜降，风落木归山

岁晚

唐·白居易

霜降水返壑，风落木归山。
冉冉岁将宴，物皆复本源。
何此南迁客，五年独未还。
命屯分已定，日久心弥安。
亦尝心与口，静念私自言。
去国固非乐，归乡未必欢。
何须自生苦，舍易求其难。

霜降，秋季最后一个节气，翻过这个节气，便到了冬季的地界了。农事将近尾声，大自然的花花草草，山山水水，灌丛藤树，无不增添了几分沧桑，万物有灵，人似有觉悟，欲语已忘言，也只能说天凉好个秋了。

白居易这首《岁晚》，便是面对着霜降节气景象的感触。"岁晚"原本指的是春节。立春为二十四节气之首，交节的日期通常在农历新年的正月初,有时候又会出现在农历旧年的腊月末。如果是旧年腊月打春,便称为"岁晚",民间亦称作"内春"。今年旧历戊戌年腊月三十立春(2019年2月4日),就属于岁晚。诗题的"岁晚",指的是农历九月。这便是汉语词汇有趣的地方,汉字的字面是单纯的,把它们调动排列起来,字的内涵便丰厚了,注入了新的生命。

秋季从秋分开始走下坡路,从露白到露寒,气温一直在走低,昼夜的温差一直在拉大,不经意之间,露变成了霜。晨起,大地一片白茫茫的,水边冒着茫茫的雾气,以为走进了梦境,不觉节气已到了霜降。

霜降时节,水瘦山寒,山中,落叶厚积,日子一天一天过去了,不觉又要到冬天了,世间万物又都恢复到了本来的样子。诗人来到此地已五年了,五年中,从来没有回到故乡去,时间长了,也就心安了,有时,静下心来,也曾反思自问,怎么不归乡看看呢?给自己的答案是,在此生活习惯了,回故乡也未必快乐,何必自寻烦恼,把简单的事情复杂化呢?

暮秋,水归沟壑,落叶归根,白居易看待事物,似乎更加通透,明白峰回路转,沟壑中的水并非源自沟壑,山中的树木亦未必是原生,也有可能是风从远处带来的,随遇而安,别想太多。

树木中,杨柳的叶落得比较迟,柳树比杨树还要迟。霜

降节气了，柳树叶依然青青如许，杨树叶已经变黄了，风动枝摇，在风中欢快地拍着手，没心没肺的样子。有的叶子被树枝摇落了，在空中打着旋儿，似乎有几分恋恋不舍，好像杨树叶都不好意思在光天化日之下飘落。一夜秋风吹，地上已堆满了枯黄的杨树叶，叶子上还沾满了白白的霜华，用手去抓，有着刺骨的寒意。

刺槐树圆圆的叶子，不知何时变黄了，刺槐叶小如成人手指肚，少量的黄叶，往往会被人忽略。一排排的满树的黄叶就壮观了，野外风大，一阵风过，刺槐叶纷纷飘落，蜂群一般，在地上打着旋儿，随着风游走，聚在背风的土坑中。

过去，树叶是可以当柴火烧的，寒露节气，有树木的地方，就会有搂树叶的人，用竹笆把散落地面的树叶搂在一起，装回去，储存起来，做柴火。

汪曾祺先生有一文《草巷口》，写到了买卖柴草的事。"过去，我们那里民间的常用燃料不是煤。除了炖鸡汤、熬药，也很少烧柴。平常煮饭、炒菜，都是烧草——烧芦柴。这种芦柴秆细而叶多，除了烧火，没有什么别的用处。草都是由乡下——主要是北乡用船运来，一担四捆，前两捆，后两捆，水桶粗细一捆，六七尺长。送到买草的人家，过了秤，直接送到堆草的屋里。我们家后花园里有三间空屋，是堆草的。一次买草，数量很多，三间屋子装得满满的，可以烧很多时候。"

此时，果蔬基本上都大罢园了。扁豆似乎是个例外，比被古人称之为"菘"的大白菜更耐寒。

时序霜降了，草本的花草大都枯萎而死了，即便是高大的乔木，亦大多叶落枝秃，枯瘦嶙峋，瑟缩地站立在寒风中。一簇簇、一丛丛扁豆依旧光鲜地擎在道边，抑或攀在家前院后的篱笆上，偃仰啸歌。当然，少不了几株绽放着金黄色笑脸的野菊相伴，听风，听雨，看云卷云舒。

天冷了，动物的皮毛开始厚密起来，以御寒越冬。大自然真的很奇妙，寒风起兮，人与动物都忙活着如何御寒时，植物却纷纷"脱我旧时裳"。扁豆似乎与众不同，碧叶青青，一串串扁豆荚迎风而上，枝头尚半妍着浅紫色的花朵，显得格外妩媚而夺目。

门前的篱笆墙上缀满了扁豆的秧藤，那些摇缀的秧藤似乎成了避风的港湾，聚满了干枯的黄叶。常有成群的鸡在扁豆藤下，挠着落叶寻食，或侧卧着身子，很风雅地负暄，得意地炸起羽毛，享受着和煦秋阳的恩泽。那里好像也是麻雀的好去处，成群结队的麻雀呼啦一声钻进了扁豆藤里，转瞬之间，又是呼啦一声腾空而起，四处飞散，栖落在不远的树上，如此反复，不知它们玩的是什么把戏。

凄风苦雨中，扁豆花还欢快地开着，紫嫩的豆荚，如婴儿的小手在寒风中抓挠着什么，不畏寒冷，让人心生怜爱。

藏在诗词里的二十四节气

扁豆始种于春末,至夏日,似乎忘乎所以地跑秧子,触手所及之处,都有它袅娜的身姿,开花结荚。秋天,方是扁豆开花结荚的黄金时节,一嘟嘟、一串串的扁豆花犹如一群群蹁跹的彩蝶,栖息在绿枝之上,很是养目。郑板桥有一联曰:"满架秋风扁豆花。"似乎道出了秋季扁豆花的盛况。扁豆花通常有紫、白两色,紫色的花结紫扁豆,白色的花结白扁豆,花褪去,豆初成,相对而生,或紫或白,成嘟成串,小塔一般,煞是可人。

扁豆的秧藤好像从不招虫害,大约是扁豆自身发出的独特气味,那是一种怎样的气味呢?这恐怕只能去问鼻子了,若要落实到文字上,似乎寻不到合适的词语来,家乡自造一方言"劝"字,用来形容它的,有音没字。因扁豆有这种气味,所以我不喜欢趁鲜吃它,好像家乡的大多数人也都不怎么喜欢鲜食。秋后,扁豆成熟时,采摘下来,用大锅煮熟,摊在席上晾晒,扁豆煮熟之后,气味就被蒸掉了不少,儿时喜欢捏煮熟的扁豆米吃,糯糯的,粉粉的,香香的,很好吃。扁豆晒干之后,就像刨花一般,又轻又薄,一动,哗啦啦作响,这时,把它装在密封的陶罐里,抑或盛在小竹笼里,三九隆冬,它就派上用场了,用水泡发,同粉丝一起炖,若添上猪肉,那就更妙了。

扁豆的秧藤枝叶,深冬也不会凋零,哪怕是枯死了,也是安详地伏在篱笆上,或蹲在枯草败叶的道边,像是在打盹儿,风吹枝摇,叶片微微地翕动着,好似梦中的微笑。

霜降了,秋季似乎在向万物提醒,冬天要来了,声音传遍了自然界,人没听到,却看到了自然界的变化,人就懂了,大自然与人,似乎达成了某种默契。

藏在诗词里的二十四节气

月落乌啼霜满天

枫桥夜泊

唐·张继

月落乌啼霜满天,江枫渔火对愁眠。
姑苏城外寒山寺,夜半钟声到客船。

> **张继**(约715—约779),字懿孙,襄州人(今湖北襄阳人)。唐代诗人,天宝十二年(753年)中进士。大历中,以检校祠部员外郎为洪州(今江西南昌市)盐铁判官。他的诗爽朗激越,不事雕琢,比兴幽深,对后世颇有影响,可惜流传下来的不到50首,代表作《枫桥夜泊》,广为人知。

张继夜泊枫桥,月亮已西沉,乌鸦的啼鸣叫醒寒夜,江岸的红枫与舟上的渔火,在清冷的夜忧愁而眠。夜半时分,一阵钟声从远处飘到诗人乘坐的船上,钟声来自姑苏城外的寒山寺。

"何处合成愁,离人心上秋",羁旅在外,又逢霜降时节,自是别有一番滋味在心头。愁往往与闲伴生,诗人乘船赶路,船在水中缓缓行进,诗人有大把时间思前想后,眼中的秋,心头的秋，都化作了满腔莫名的愁绪。

节气与人是相互感应的，着眼点不同，感触便不一样，文人是人生精神方面的，农人则是作物的收种之类。看似殊途，实则共归。虚，是从实处来，文人要先看到节气的物候变化，物候是实的，比如张继看到了月落、红枫、渔火，听到乌啼、钟声，心底才涌起羁旅的愁绪。实，也从虚中来，节气到了，看不见，摸不着，他们却知道，什么作物该收了，什么作物该种了，就像霜降，农人知道，这是播种冬小麦的最后机会了，机不可失，时不再来，棉花、辣椒、山芋要收获了，不能再推迟了。

收与种是相对的，冬小麦播种的最佳时期在秋分，那时，玉米、大豆、春山芋刚收过，地茬腾了出来，时令不等人，庄稼收获之后，便开始耕种，抢收抢种，一环扣一环。民谚曰：寒露两旁看早麦。节气到了霜降，是冬小麦播种的最后期限，霜降过后，便进入了冬季。

霜降时节，一夜西北风刮来，霜就真的从天而降，棉花、辣椒、秋山芋将被霜打烂，农人要赶在下霜之前，把棉花、辣椒收割了，把秋山芋挖出来。

棉桃是最怕霜打的，把棉花收割回来，一堆堆放在家前院后，棉花棵子里的养分还可以供给棉桃，棉桃在秋阳暖暖地关怀之下，慢慢地绽开吐絮。

辣椒对冰冷的露水不放在眼里，却不敢对霜降不敬，尽管在霜降节气，辣椒依然欢快地生长，可农人知道霜降这个

节气名字不是随便叫的，他们要让辣椒腾出茬来，以便播种冬小麦。辣椒被割掉，装上车，拖回家，垛在院中向阳的高处，让辣椒自己风干，想吃辣椒，便到垛子上拿下几棵，摘下辣椒，棵子便可用来烧火。

地茬腾出来，冬小麦抓住了最后的机会，播下种子，就等于播种了丰收，大地是不欺负任何人的，一分耕耘，一分收获。

霜降节气，霜迟早要落下来。霜叶红于二月花。花，乃世人公认的美丽，世间大凡是美好的人物，大都以花譬喻，比如美人如花、白云朵朵之类，红枫比二月的鲜花来得更美，功劳无疑是枫树经霜，与红枫相类似的，还有乌桕、樱花树……樱花树经霜之后，叶子悄然换作殷红，妩媚俏丽，娴雅地在秋风里飘动着，楚楚可人，是五月里没有的韵致。

银杏，在人们的印象里是树树金黄，其实，银杏叶黄的时候，节气已到了霜降，季节已经走到了冬的边缘，没有经霜的银杏叶，是不会平白无故变黄的。

大自然实在神奇，霜，从字面上看是雨的相貌，温差让它成了比雨更美的模样，它看上去严酷、冷峻，骨子里却有着济世的热心肠，银杏树经霜之后，有着温暖初冬的华美。与银杏有一拼的，黄栌算一个。

一叶知秋，梧桐树经霜后，微黄的阔叶已被秋风收走了，桐籽渐渐地成熟，一嘟嘟一嘟嘟挂在苍劲的桐树枝上。清夜，月色如银，躺在床上，望着窗外白纱般的月光，微风拂过，屋上响起啪啪的声响，如雨，我知道那是桐籽落了，披衣下床，来到院中，看着月光中梧桐的轮廓，如一张剪影，清简舒朗，虚怀若谷。

经霜的秋草，已呈赭黄，在寒风中簌簌作响，这样的景象，似乎要比"远芳侵古道"更具人生况味，让人联想到辛弃疾"斜阳草树，寻常巷陌"的悲怆，联想到范仲淹的"塞下秋来风景异，羌管悠悠霜满地"的苍凉，想到长空雁阵的旷远……

果蔬之中，青菜经霜后，口感变糯了，少了春夏淡淡的酸苦，多了些许甘美。大白菜经霜之后，开始抱心生长，大白菜不经过寒霜冻一冻，就无法储藏，夏天的大白菜，放上两天都会发黑变坏，就是因为没有经过霜冻；山芋、萝卜想要窖藏，也必须要经霜之后；柿子不经霜，青涩硬艮，经过霜打，色红如灯，汁肉软糯。

月落乌啼霜满天，人在他乡的游子，暮秋之时，不免被眼前的景象勾起对家乡的思念。霜天、冷月，是霜降的物语，亦是人的心语。

辑四　冬雪雪冬小大寒

立冬

立冬，是冬季的第一个节气，每年11月7日或8日交节，此时太阳已到达黄经225°。《月令七十二候集解》曰："立冬，十月节……冬，终也，万物收藏也。"意思是说秋季作物全部收晒完毕，收藏入库；动物也已藏起来准备冬眠，规避寒冷。

立冬，荷尽已无擎雨盖

赠刘景文

宋·苏轼

荷尽已无擎雨盖，菊残犹有傲霜枝。
一年好景君须记，正是橙黄橘绿时。

"荷尽已无擎雨盖，菊残犹有傲霜枝。一年好景君须记，正是橙黄橘绿时。"苏轼这首诗是赠给刘景文的，从诗中可以感受到，大概刘景文向他倾吐对现实的不满，苏轼便以立冬的物候来对好友进行劝勉。

过了霜降，荷叶枯败，已无往日擎雨的风采。菊花残落，还有笑傲霜天的花枝。一年中美好的东西，你要记住，立冬时节，橙子金黄，橘子青绿。诗写给好友，亦是写给自己的。

荷尽菊残，意味着时序进入了冬天。

一年有四季，每个季节都被六个节气充填，立冬，是最后一个季节，也是冬季迎来的第一个节气。我总觉得二十四节气，是中原人根据中原地带的时序物候变化总结出来的，江南塞北，只能作参照，不完全对得上号，就拿立冬来说，立冬是什么样的，无疑黄淮地区的物候最有发言权。

霜降一过，秋天便走到了冬季的地界，带头赶来的风里有着刺骨的寒意，河流似乎更细瘦、更清冽了，河边的芦苇仿佛一下子变得刚硬了起来，芦花从灰到白，此时，农人要开始割芦苇，铰芦花，留着芦花越冬御寒。

寒冬，芦絮可以用来填鞋，把芦絮捻成线，编织成芦茅鞋，芦絮还可以铺在床上当褥子，在物质匮乏，生活贫寒的年代，人们充分利用大自然的馈赠。

水边野生的菖蒲已不再苍翠，大约由于水分被秋风抽干了，进入冬天，便耷拉着脑袋，割罢芦苇，顺便把菖蒲也收了，在河岸边晾晒着。晒干了，可以用来织苫子，菖蒲的叶子里边天生着气孔，可以保暖，苫子可以当席子铺，也可挂在门外以作门帘。冬天，闲居在家，屋里生着火，阳光从苫子缝隙中溜进来，屋子是暖暖的，人是惬意的，一任冷风吹。

穿心红的萝卜，萝卜缨好像不怕霜降，一星半点的霜奈何不了它，翠生生的；立冬了，西北风随时都可以吹来，趁着天气暖和，还是拔回家放心。拔萝卜时的心情是愉悦的，感觉哪只脆甜，拔出来，撸去叶子，用叶子擦擦萝卜身上的土，用大拇指剥皮，此时的萝卜皮非常好剥，从头剥到尾，卷曲成螺丝状，随手甩在一边，白莹莹的萝卜玉一般的质感，一口咬下去，冰裂般的清响。

大白菜蹲在田里，像位守望者，在等待着冬天如期而至，它对寒冷有着先天的免疫力。大白菜古人称之为菘，意味着

冬日不凋，非但不凋，反能在寒风中生长。农人为了让大白菜抱心生长，便在立冬的时日，用草绳把大白菜捆起来，以防叶片四散开去。

大白菜，不到天气落雪是不会砍的。大白菜经冬的历练，味道甘美。

辣疙瘩，一种类似青萝卜的大头菜；立冬之后，拔完萝卜就开始拔它了，它不好直接入口，天生就是为了被渍，也可切成丝做成小菜，俗称辣疙丝。

辣椒也要割了，也有人连根拔起来的，那是种植的少，种植面积大只能用镰刀去割，辣椒棵上缀满了红的紫的青的辣椒，辣椒叶依然青青的，枝叶间还有白色的辣椒花，可惜生不逢时。

把辣椒棵子拉回家，垛在院中，随吃随摘。

棉花也要拔了，成熟的桃子，拔下来依然可以吐絮，没有成熟的也无法成熟了，时令到了，拔下来，拖回家，分成若干小垛，码放在门前的空地上，等着棉桃吐絮，再去采摘。

……

此时，该收的已收，小麦在寒风中默默地生长着。如果发现麦苗长势太好，要用碌碡碾压，长的时机不对，不利于抗寒越冬。与小麦相伴的，尚有油菜，多在田头地脑的边角地带。

立冬时，各地的人们为了利用好物产，过好日子，慢慢地形成了地方习俗。

黄淮地区，立冬要挖地窖，窖藏萝卜、山芋、白菜，要编织草苫子，用草封堵俗称雀户眼的屋墙上的小窗户。

据说南方，像绍兴一带，立冬有酿造黄酒、唱社戏的风俗。

塞北则开始储备食物，开始漫长的猫冬时光。

季节有季节的样子，节气有节气的样子。立冬是什么样子呢？我根据自己的生活经验，漫画了几笔，在漫画的过程中，感受着生活的艰辛与美好。

藏在诗词里的二十四节气

寒随雨意增

立冬夜舟中作

宋·范成大

人逐年华老，寒随雨意增。
山头望樵火，水底见渔灯。
浪影生千叠，沙痕没几棱。
峨眉欲还观，须待到晨兴。

立冬，一年中的最后一个季节起始了，四季轮回，人随着岁月的流逝渐渐变老，立冬节气，天气日益寒冷，阴雨也会随之增多。

诗人乘舟远游，举头望见山顶樵夫为取暖燃起的红红火堆，低首看见水底明亮的渔灯在波光中闪动。江水波浪汹涌，一浪一浪冲向岸边，却没有在沙岸上留下多少痕迹。

夜幕中的峨眉山看不真切，想看清楚，需要等到明日天亮了。

范成大的这首诗，写于立冬，诗中却隐约着春气，有着过尽千帆的豁然。"人逐年华老，寒随雨意增。"自然规律，人是无法抗拒的，坦然接受，在寒冷的现实面前，要看到山中"樵火"，水底"渔灯"，要相信明天。

诗人的人生态度，差不多是农人面对立冬节气的态度。

立冬的冬，终也，乃万物收藏之意。春种夏长，秋收冬藏。立冬节气，粮归仓，草归垛，按理应是农人进入冬闲的时期，可他们终究是闲不住的，要为下季，或更长远的农事做准备。

水是生命之源，是宝贵的，宝贵的东西不能少，过犹不及，亦不能泛滥。为了作物的旱涝保收，就要开沟挖渠，兴修水利。

冬季农闲，农人的角色便发生了变化，成了扒河的民工，或平地开河，或疏浚河道。土地是农人的命根子，有了土地便有吃、穿、住，心中便有了底气。农人扒河的干劲，就像冬天里的一把火，曾看过一张民工扒河的老照片，人山人海，肩挑人抬，那份热情积极的劳动场面，极富感染力。

荷塘也要清理了，农人无须"留得残荷听雨声"，他们为荷塘清淤，一举三得，冬日水瘦了，抽水快，把荷塘水抽干，涸泽而渔，鱼活蹦乱跳，冬似乎有了激情，鱼头有火，人们似乎忘记了冬天的寒冷，纷纷下塘，在欢声笑语中，讨个年年有鱼的好彩头。

鱼捉过之后，开始挖藕，藕出淤泥而不染，在黑黝黝的淤泥中，挖出肥美如玉的莲藕，藕节肥壮，多节相连，状如翘首的小舟，莲藕，节连之藕也，莲藕被一筐筐抬出去，堆放在土场上，堆成藕山。

剩下的淤泥，在农人眼里也是宝，清理出去，就是肥料，把淤泥抬到路边，经过一冬的风吹日晒，慢慢风化，开春便运到田里，春耕时掩在土中，当作庄稼的底肥。

老话说：十月小阳春。时序立冬了，天气并非想象得那么冷。河边的芦花白了，农人便开镰收割，扎成捆的芦苇运到小院中，剪芦花。芦花，乡人俗称芦毛。剪芦花，可以说是农人的闲趣。冬日，闲着没事就找点事做，充实日子。俗话说：有活干，有饭吃。芦花剪在筐里、簸箕里，蓬蓬松松的。孩子们常会过来凑趣，帮着把芦花集成堆，端的端，抱的抱，时而跌倒，散落一地，芦花粘人，衣上、发上粘满芦絮，顿成毛人。

寒夜，油灯下，母亲把芦穗撕成条条芦絮，奶奶用拧线的工具拧成绒线，然后编织茅翁鞋，也有地方称之"毛窝"。父亲则在一旁把芦苇劈成须篾，父亲在做活时，不忘叮嘱孩子，往鞋里多塞些芦毛。暖脚身不冷。芦花还可以填枕头，柔软又暖和，枕上去，不觉就坠入梦乡。

郁达夫在《江南的冬》一文写道："江南的地质丰腴而润泽，所以含得住热气，养得住植物；因而长江一带，芦花可以到冬至而不败，红时也有时候会保持住三个月以上的生命。像钱塘江两岸的乌桕树，则红叶落后，还有雪白的桕子着在枝头，一点一丛，用照相机照将出来，可以乱梅花之真。草色顶多成了赭色，根边总带点绿意，非但野火烧不尽，就是寒风也吹不倒的。若遇到风和日暖的午后,你一个人肯上冬郊去走走,则青天碧落之下,你不但感觉不到岁时的肃杀,并且还可以饱觉着一种莫名其妙的含蓄在那里的生气。"

立冬节气,虽然开启了冬季的大门,西伯利亚的冷空气却探头探脑的,不敢造次,冷暖交织,冬雨绵绵,给人一种秋尚在的错觉。

小雪

小雪，此时太阳到达黄经240°，11月22日或23日交节。此时开始降雪,雪量小,地面无积雪。古籍《群芳谱》中说："小雪气寒而将雪矣，地寒未甚而雪未大也。"这就是说，到小雪节气由于天气寒冷，降水形式由雨变为雪，但此时由于"地寒未甚"，故雪量还不大，所以称为小雪。因此，小雪表示降雪的起始时间和程度，和雨水、谷雨等节气一样，都是直接反映降水的节气。

小雪，刺梧犹绿槿花然

小雪日戏题绝句

唐·张登

甲子徒推小雪天，刺梧犹绿槿花然。
融和长养无时歇，却是炎洲雨露偏。

张登 唐代人，生于南阳，约唐德宗贞元年前后在世，享年八十余岁。著有文集六卷，有《新唐书·艺文志》流传于世。

小雪节气远没有想象得那么冷，刺桐树还是绿绿的，木槿花依然开着。在温暖的环境下似乎从来没有停止过生长，不过是地处南方，雨露有些偏心。

张登的这首诗，写的是南方沿海地区小雪的物候，与黄淮地区是有所区别的，就像诗人所说的"却是炎洲雨露偏"，中原地区的小雪节气，树木是另一番景象、神韵。

北方，初冬的树，就像赵孟頫的行草，疏朗俊逸，木叶从绿变黄，由密转稀，顶着树叶的枝条已少了往昔的随和，变得刚硬，甚至有些冷漠，或许它也不想这样，现实赶到那儿，时过境迁，时令到了，它必须做出选择。

在我的心中，初冬的树，还是形象化的乡愁；羁旅在外，望着孤立道旁的树，在寒风中遥望的姿态，莫名地生出"日暮乡关何处是"的思绪。

人们通常把故乡称为桑梓之地，桑梓，是桑树与梓树的合称，可见树与人之间不可或缺的关系。桑树，知道的人会多一些，梓树，似乎少人知晓了。梓树，民间叫它楸树，过去，家乡树木的品种多杂，桑树、楸树、杨柳、笨槐、榆树、银杏、梧桐、柿树、枣树、桃李等等，那些树有如民风似的质朴温厚，尤其是在初冬的时候，树木所散发的气息，古意悠悠，深邃旷远。

读初冬的树，犹如坐在秋水之畔，翻阅《庄子》。大地苍茫，树木如诗人般在寒风中吟诵着岁月的辞赋，随性、恣意、洒脱，从某种意义上说，读树亦是自我观照，发幽思之情。

树中的梓，也就是楸树，高大挺拔，黑黢黢的树干笔一般，枝杈陡着膀子往上生长，体态刚劲健硕。初冬时，叶子早已落光，它就像顶天立地的汉子，守护着家园，张望着他乡的游子。没事多与楸树交流，或被潜移默化亦未可知，树也通人性。

"鸡鸣桑树颠"，一个"颠"字，便可想见桑树之高大。儿时，家的门前就有一棵桑树，树身我是搂不过来的，爬树采桑叶、摘桑果、在桑树上玩"摸瞎将"的游戏，全村尽在眼底。

219

桑蚕似乎是中华文明的印记，陌上桑伸展在岁月里，风风雨雨。初冬，桑叶开始发黄干枯，一阵风来，枯黄的叶悄然离别枝头，随风飘落，聚集在树下，似如倦鸟归巢。

杨柳同属，像是一对孪生兄弟，"今宵酒醒何处，杨柳岸，晓风残月""昔我往矣，杨柳依依"，折柳话别，杨柳好像是专为离别生长的树种。杨柳，这个词组是有所偏重的，重点在柳，柳树泛青吐叶比一般树木早得多，"不知细叶谁裁出，二月春风似剪刀"，叶落却迟迟，秋冬之交，柳叶才开始慢慢转黄，明黄的黄，黄的有生机，柳丝随风摇曳，那种飘逸之姿，似乎是看透了人间的聚散离合。

笨槐，是相对洋槐，也就是刺槐而言的，笨槐乃国槐，国槐寿命长，少有老成之态，老有勃发之姿。冬初，国槐叶黄飘落，叶柄依然恋枝，叶落光了，冬雨淅淅沥沥地飘洒，风一吹，清寒，此时，叶柄方依依不舍地离枝而去。

国槐，多栽植在村头，它仿佛成了游子的根。大槐树，似乎已脱实入虚，成为乡愁的映像，寄托无限思念。

"但见插桃李，谁曾种桑榆"，桃李，最美最风光的时候，是春夏的时光，可最有味道，最耐读，非冬天不行。桃树是会哭的，尤其在春夏之时，冬天，它就变得坚韧了起来，春夏的眼泪化作了"琥珀"，枝干虬结黑苍，骨力遒劲，此时的桃是通神的，可以用来做桃符。

说到榆树，就会想到桑，桑榆组合在一起，让人想到夕照，

想到晚境，想到冬景，冬日夕阳下的榆树，令人心静，让人放下杂念，大彻大悟，想着应活成什么样子。

冬天的枣树，就不用我说了，鲁迅先生后院有两株树，一株是枣树，另一株也是枣树。在此，我想说初冬时的柿树。

柿树走到了初冬，便走向了极致的美，柿子叶一片都没有了，坠在干硬黝黑枝子上的柿子，鲜亮通红，无妨为挂满红柿的柿树设一个背景：山脚下，茅舍篱落，临水，柿树便长在篱前水畔，山色苍茫，水色青碧，干老枝曲，红柿如灯，天幽蓝深远，群雁点点。

冬日的柿树，属于水墨丹青，况味绵远。

藏在诗词里的二十四节气

寂寥小雪闲中过

和萧郎中小雪日作

唐·徐铉

征西府里日西斜,独试新炉自煮茶。
篱菊尽来低覆水,塞鸿飞去远连霞。
寂寥小雪闲中过,斑驳轻霜鬓上加。
算得流年无奈处,莫将诗句祝苍华。

徐铉（916—991），唐代文学家、书法家。字鼎臣,原籍会稽（浙江绍兴）,生于广陵（今江苏扬州）。十岁能文,少有才名,与韩熙载齐名,江东谓之"韩徐"。参与编纂《文苑英华》,修订《说文解字》等文献。他的作品《全唐文》《全唐诗》《全宋文》均有收录,著有《骑省集》。

这首诗,是诗人孤寂一人在家过小雪节气的感受。

寻常的日子遇到了小雪节气,这个日子便有了非同寻常的意义。景物还是那些景物,平常看在眼里,熟视无睹,到了小雪,景物便与时令发生了联系,让诗人有了感触。

诗人独自在府中，不觉已夕阳西下，燃起火炉子煮茶，坐在炉边品茗，看着篱边已败落的菊花，时令到了，没法改变，大雁已迁徙，飞到遥远的南方，小雪节气就这么在闲散孤寂中度过。岁月流逝，不觉双鬓生出了华发，流光悠悠无法改变，不如作首诗来祝贺两鬓的白发吧。

诗人对生命的态度是豁达的，光阴匆匆如流水，逝去的时光是不会回来的：小雪节气，菊花枯败，鸿雁迁徙到南方越冬，是自然而然的事，就像人在岁月中青丝变白发，人与节气一样，不同时间节点呈现不同的状态。

小雪节气，气温在走低，冬雨在飘落的过程中，遇冷变作雪花，满天纷飞，却无法落地，落到地面，即刻融化成水，空气中的寒冷尚抵消不了地气的温热，小雪时节的地气蕴含着温热，越冬的作物，依然保持着一丝生机。

冬小麦在遥看里绿意茵茵，走到麦田的地头，麦苗青青，一垄垄的，如同孩童顶着的一头稀疏的茸发，在风中细细地飘动着，像是要跑向远方。

蚕豆，蹲在地头，与小麦搭伴，蚕豆苗胖墩墩的，绿油油的，不为微风所动，看着麦苗在冷风里摇头晃脑，也不知道，麦苗累不累，为什么不歇一歇。沟边，有种叫菊花脑的野菜，一簇簇，一片片，墨绿的枝叶，顶着小朵细碎的黄花，湮没在寂寥的旷野里，像是造物主在小雪节气开的一个小玩笑。

河滩散步，芦苇早已被人收割了，剩下片片赭色的芦茬，坚挺着诸多无奈。昔日相伴左右的水鸟，已不知飞向何处，唯有成群的麻雀藏身芦苇之中觅食。河水细细地流淌着，映着河边东一簇、西一簇没有收净的细瘦芦苇。那簇簇顶着浅灰色芦穗的细瘦芦苇，头重脚轻，在风中摇晃着；芦叶已枯干灰白，风中，哗啦啦作响。此时的阳光格外明亮、柔和，此情此景，该是一幅多有韵味的水墨丹青啊！

望着水边干枯的芦苇，凄厉的寒风也奈何不了它，哪怕是几片枯槁的芦叶。《荀子·劝学篇》里有则故事，说南方有种"蒙鸠"鸟，在芦苇梢做巢，荀子受到启发："风至苕折，卵破子死。巢非不完也，所系者然也。"这似乎就有点唯心了。据说水葫芦的巢筑在芦苇的根部，能随着水位的涨落而浮动。鸟，何等灵性的动物，岂能不明白这个道理？

小雪节气，小鸟的声影不常见了，在旷野中撒开视网，网到的多是麻雀，麻雀跟人似乎很亲，与人相伴，却又与人保持着适当的距离，对人保持着极高的警惕性，也不知麻雀的基因里这份对人的警惕性源自何时，这里边一定大有故事，不过，麻雀依然与人亲近。

过去，麻雀的窝就在屋檐下，茅草屋、瓦屋的屋檐总有缝隙，麻雀便在缝隙间做窝。冬天，田里的庄稼收割完了，吃的东西少了，一早一晚，它们便成群地蹲在屋顶，或者院中的树枝上，看到人撒粮食喂鸡，趁机飞落下来，与鸡抢食。

冬天，天黑的时候，站在小木梯上，用灯往麻雀窝里猛地一照，没等麻雀反应过来，已经手到擒来了，一晚上逮到很多，据说食麻雀，可以治疗夜盲症。

小雪节气，因为黄鼠狼的皮子值钱，所以常有职业捉黄鼠狼的人到乡村逮黄鼠狼，带着两条狗，手里拿着两股钢叉，在玉米垛、草垛、河湾草丛中出没，神神秘秘的样子。

农人，白天没事找点事干，晚上到邻居家溜门子，大家聚在一起，东家长，西家短，东拉西扯，是非长短便在明明灭灭的口中理论了出来。虽没有"晚来天欲雪，能饮一杯无"的风雅，却有着异曲同工之妙。

大雪

大雪，交节在 12 月 7 日或 8 日，此时太阳到达黄经 255°，直射点快接近南回归线，北半球昼短夜长，因而民间有"大雪小雪，煮饭不息""大雪小雪，烧锅不歇"等说法，用以形容白昼短到一天内几乎要连着做三顿饭了。《月令七十二候集解》载："大雪，十一月节。大者，盛也。至此而雪盛矣。"此时，中华大地白雪飘飘的情形已不罕见。

大雪，时闻折竹声

夜雪

唐·白居易

已讶衾枕冷，复见窗户明。
夜深知雪重，时闻折竹声。

雪，民间称之为雪贼。时令到了大雪，天气连着几日阴沉沉的，也感觉不到寒冷，有经验的农人便知道天在酝雪，不久要下大雪。

"已讶衾枕冷，复见窗户明。夜深知雪重，时闻折竹声。"白居易这首《夜雪》，就是写雪贼在夜深人静时，悄悄地降临人间的情景。

冬夜，诗人躺在被窝睡觉，睡着睡着便觉得有股冷气，从被脚、枕边往被里钻，怎么回事呢？他感到惊讶，起身准备点灯看看是什么原因，又看到窗外闪动着亮光。他知道怎么回事了，原来不知何时，天降大雪，也不知雪下得多大，不时听到院中竹子被雪压断的声响。

诗人写了夜深人静，天降暴雪的情景。诗中没有说雪下得如何如何大，只是从侧面来描绘，雪的寒气逼近屋里，黑夜窗外通明，还有雪压断竹子的声音，这比正面写雪下得如何大高妙了不少。

大雪节气，气温继续走低，为天降大雪提供了可能，这不代表着大雪天气，一定要下大雪，寒冬，大雪是不能缺席的，但不知何时，雪贼嘛。不过，再贼也逃脱不了经验丰富的老农的眼睛，几日的连阴，温度反常的温暖，这些都是大雪将临的征兆。

在大雪来临之前，未雨绸缪，尽可能地做好善后的事，打扫好院子，把柴火垛盖好、用泥压实，猪圈清理干净，猪窝垫上干土，铺上干草，用玉米秸给狗搭个狗窝，锅屋里，塞满柴火，炉子套好，火盆搬进堂屋……留在菜地里的大白菜，要挖土围起来，仅露点头，菠菜、大蒜、青菜，对大雪没那么敏感，巴不得来场大雪。小麦就更不用说了，瑞雪兆丰年，说的就是小麦。

过去，对抗寒冷就指望柴火了，东北、西北的农人，在寒冬都要到山里拾柴火，枯死的树枝、灌木荆藤之类。有火，风雪也只能在室外干叫唤，人在室内，听着噼里啪啦的火声，感受着火的温情。

黄淮地区的大雪时节，没有塞外那般寒冷，对于江南，也算是够凉的。此时，江南的牛还在田里觅食，身边总少不了翩翩起舞的白鹭，中原地区的牛，已被迁进了牛屋。

牛屋，顾名思义，牛的屋子。不过，人反客为主。冬日农闲，牛屋成了农人的聚集地，为牛取暖，人跟着沾光，或者以为牛取暖的名义，人自己取暖。大大的牛屋里，大门挂着草苫当门挡风，屋内，燃起一堆火，屋里暖洋洋的；或围着火堆烤火，或在屋内打扑克、来十三张（一种老牌），或下象棋，一边是牛，一边是人。牛或站、或卧，在烟熏火燎的屋里，漫不经心的反刍，对人的喧闹充耳不闻。

牛屋里，牛没有故事，有故事的是人，人在牛屋里谈古论今，讲三国，说水浒，聊杨家将，谈薛仁贵征东……多是关公战秦琼之类，讲着讲着就串了，说得开心，听得有趣，没人去计较是否张冠李戴。

有时，故事讲得精彩，不知不觉夜就深了。不知何时，雪落了下来，故事讲完了，掀开门帘子，满眼的雪白，空中雪花纷飞，一行行脚印，把人都送回了家，牛屋一下子静了，红红的火光透过草苫子，看着雪在不紧不慢地飘着。

大雪节气，万物都在看雪花舞蹈。

风雪夜归人

逢雪宿芙蓉山主人

唐·刘长卿

日暮苍山远,天寒白屋贫。
柴门闻犬吠,风雪夜归人。

刘长卿(709—789),唐代著名诗人,字文房,生于宣城(今安徽宣城),后迁居洛阳,德宗建中年间,官终随州刺史,世称刘随州。刘长卿工于诗,作五言诗最拿手,自称"五言长城",代表作《逢雪宿芙蓉山主人》。有《刘随州集》传世。

刘长卿这首诗,写的是雪夜投宿芙蓉山的见闻感受。夜幕降临,苍山在前方隐约着,感觉路途遥远,清寒的雪天,投宿的草屋显得更加简陋清冷。在油灯下枯坐,睡意迟迟不来,此时,听到大门口的狗叫声,风雪的夜里,芙蓉山主人回来了。

诗的意象如同电影中的蒙太奇,雪天、日暮、苍山、山中茅屋、篱院柴门、黄狗、雪中人,被诗人巧妙地组合在一起,意味悠长。

芙蓉山主人风雪夜归，他去了哪里？又去干什么？这里边有太多的想象空间，在此，不想展开。倒是想说说，黄淮地区乡间农人是如何度过大雪节气的。

河、汪塘的水结了薄薄的冰，鱼儿在水中向暖的地方钻，农人便抓住鱼寻暖的特性，在水塘、河道抛树枝，俗称鱼捂子，鱼游到树枝里，觉得挺暖和的，可以在此越冬，便向同类发出信号，鱼儿成群结队游向"鱼捂子"。过了一段时间，农人便用网帐把"鱼捂子"围起来，清理出树枝，然后下网捉鱼，屡试不爽。

职业摸鱼者，人送外号"水鬼"，大雪节气开始下河摸鱼，穿着太空服一般的皮袄，腰上拴着一根木棍，棒击水面，吓唬鱼，让鱼老老实实地趴在草丛中不要动。摸鱼没有单打独斗的，都是三五成群，天寒地冻的野外，只有风打着呼哨在撒野，大地旷远寂静，木棍砸冰水的清脆声响穿过风声，在河岸回荡。"水鬼"们摸一段，上岸来烤烤火，在向阳的河湾，河湾生长着芦苇，捡拾一堆芦柴，烤火驱寒，然后，下河继续摸鱼。

物以稀为贵，冬天捉鱼的人少，鱼能卖个好价钱。

冬季，昼短夜长，农人喜欢串门，闲聊家长里短，讲讲陈年旧事，打发闲余的时光。堂屋中，摆放着一只火盆，玉米棒、干木柴，经烧少烟，差不多是火盆专供，火盆的火苗在黑夜中把夜咬个洞，有火的光亮，无须开灯的，火心要虚，为了让玉米棒充分燃烧，大人常把玉米棒靠成山状，中空，让火从里往外燃烧。故事在火光中明明灭灭，所讲的多是些因果相报的劝善故事，有着火一般的暖意。

下雪天，雪花静静地落在茅屋上，像是经年不见的老友，话越说越密，覆盖了屋顶，篱笆墙黑黑的一圈，关注着飞舞的雪花，雪花却有意无意地疏远它。倒是草垛很淡定，雪花偏偏喜欢招惹它，给它戴上一顶方巾，草垛低眉顺眼的，似乎有点羞涩。小院敞开胸怀接纳着这位天外来客，大黑狗从狗窝中跑出来，在院中溜达几圈，遗下几行梅花印，向天狂吠几声，以示欢迎……炊烟起了，淡淡的烟雾里，雪花有种言不出的妩媚，站在高处，不规则的村落，被雪花装点得颇具古意，远处的雪地里，有人影晃动着，肩上挑着酒葫芦，想来是用来待客的。

拍打着身上的雪花，卸下肩头的酒、菜，火炉旁，主客对饮。"雪下得真好，这老天爷当的，没得说。""是啊，是啊，瑞雪兆丰年呢。"酒，因为有了雪花的缘故，似乎饮得更有滋有味。冬小麦需要雪，雪就像一床大棉被，为小麦越冬防寒保暖，去除病虫害，又可滋养灌溉。冬天，又是农闲时节，雪只管随性飘落。

外边下着雪，屋内，大人在火盆中烧花生、白果，炸玉米花给孩子们吃，让他们老老实实待在屋里。在余烬中埋上玉米粒，一会儿，就听嘭的一声，一粒玉米花跳了出来，还没来得及捡，又是嘭的一声响，接着就嘭嘭嘭一阵乱响，玉米花的香气弥漫了一屋。

而今，这种情景在乡村怕是难得一见了，农闲的时候，农人大都外出打工去了，留守在乡村的，除了老人，就是孩子。

冬至

冬至，交节时间为12月21日或22日，此时太阳运行至黄经270°，直射南回归线，阳光在北半球最倾斜。《月令七十二候集解》载："终藏之气，至此而极也。"《太平御览》载："冬至有三义，一者阳极之至，二者阳气之至，三者日行南至，故谓冬至。"冬至日是北半球一年中黑夜最长、白昼最短的一天，因此又叫"日短至"。过了冬至以后，太阳直射点逐渐向北移动，北半球白天逐渐变长，所以有俗话说："吃了冬至面，一天长一线。"

冬至，冬至至后日初长

至后

唐·杜甫

冬至至后日初长，远在剑南思洛阳。
青袍白马有何意，金谷铜驼非故乡。
梅花欲开不自觉，棣萼一别永相望。
愁极本凭诗遣兴，诗成吟咏转凄凉。

冬至，似乎也可以理解为，冬季寒冷到了极点，从立冬撞开冬季的大门，一路经过小雪、大雪，到了冬至，天气的寒值到达了空前的高度。冬至节气开始进九，冬至为一九的第一天，民间有数九歌谣："一九二九不出手，三九四九冰上走，五九六九，沿河看柳，七九六十三，路上行人把衣单，八九七十二，猫狗寻阴地，九九八十一，家里送饭湖里吃。"另一说："一九二九不出手，三九四九冰上走，五九六九，沿河看柳，七九河开，八九雁来，九九加一九，耕牛遍地走。"

民谚曰：九尽杨花开。九数完了，真正的春天便回到了人间。冬至，太阳到了南回归线，这天，北半球光照的时间

辑四　冬雪雪冬小大寒

最短，自然黑夜也就最长了，阴达到了极端，阴极阳生，阳气慢慢回升。老话说：过了冬，长一葱。白天的光照时间一点点加长。

杜甫的《至后》诗中"冬至至后日初长"，就是说，冬至过后，白日一天长过一天。杜甫客居蜀地，冬至日，不禁思念故乡、想念亲人。冬至，也是追祭先人的日子，至今不衰。冬至过后一日日变长了，远在蜀地思念故乡洛阳，在客乡谋食没什么意思，遭遇战乱的故乡怕是面目全非。冬至节气到了，阳气上升，梅花要绽放了，兄弟一别却不知何时相见，想想这一切，便觉得愁苦，写首诗释放一下愁绪，看着诗，心情似乎更加凄凉了。

冬至节气，让杜甫心生悲愁，人的心灵与自然有相通处，节气有自然属性，亦有人文属性，节气时令更让诗人敏感。冬至，在远古是农历一年的起点，农历干支纪月，冬至为子月，到西汉太初元年改历，方把立春所在的寅月设为年首。

民间有种说法，冬至如大年。过冬至节气，各地有各地的风俗，北方人吃饺子、面条、喝羊肉汤，江南人吃汤圆、赤豆糯米饭、吃鸡等等，还各有说法。

冬至吃水饺，据说是为了纪念医家张仲景。一年冬至极寒，又逢灾年，流离失所的饥民，在寒风中被冻伤了，张仲景见状，便用羊肉、辣椒及中药材煮汤，捞出羊肉、辣椒、药材等斩碎，擀面皮包成耳朵状，煮出来分给饥民吃，既果

237

腹又治疗冻疮。后来，人们把这种面食逐渐演化，成为今天的饺子。

民谚曰：吃了冬至面，一天长一线。俗话说：冬前冬后，冻破石头。可见，冬至的天气有多寒冷，冬至日，吃一碗滚烫的面条驱寒，也算是一种象征，给自己心里一个暗示。冬至过后，一天长过一天，面条扯长不断，似乎也寓意着天气一天天变长。

苏北鲁南一带，冬至日有喝羊肉汤的风俗，传说与汉高祖有关。刘邦手下有一员猛将，名曰樊哙，就是吃生猪肉的那位，冬至那天，用团鱼与羊肉同煮招待刘邦，汤、肉极鲜美，刘邦吃得眉飞色舞。从此，冬至日喝羊肉汤渐成民间习俗。

羊肉汤，由羊的骨头熬煮而成，将剔肉的羊骨洗净，放到大锅里熬煮。大火快烧，小火慢煮，直至汤色乳白，汤就算煮好了，喝羊肉汤时，把切好的羊肉垫在碗底，加胡椒粉、熬制的辣椒羊油、醋之类的调料，浇上滚烫的乳白的羊汤，上边撒些许翠绿的香菜，一碗羊肉汤喝下肚，满头大汗，浑身舒坦，进补又御寒。

江南是水稻产区，以米为主食，在江南人的意识里，只有米饭是饭，面食就是点心，是不当饭的。汤圆是以糯米粉为原料的食品。北方有句歇后语：半夜吃汤团——不知哪进糖。意识是说对一件事不明就里。由此可知，汤圆对北方人来说，也是吃着玩的。冬至，南方人吃汤圆，有团团圆圆的寓意。

冬至,在古代是个大节日,浙江嘉兴一带非常重视过冬至,俗谚"冬至大似年",至今仍保留着古风,有食桂圆烧蛋的风俗。据《嘉兴府志》记载:"冬至祀先,冠盖相贺,如元旦仪。"民间崇尚冬至进补,用银耳、核桃仁炖酒,用桂圆煮鸡蛋。

在江南水乡,有冬至吃赤豆糯米饭的习俗。相传,共工氏有个作恶多端的儿子,冬至日死后变成疫鬼,为害百姓。但这个疫鬼有个弱点——忌惮赤豆,于是,人们便在冬至这一天煮吃赤豆饭,用以驱避疫鬼,防灾祛病。

总之,冬至天寒,人需要进补,增强体质,抵御严冬。天寒是不可抗拒的事实,人无法改变自然环境,就要去适应。

江苏邳州北部一带,冬至有个有趣的风俗。冬至日,农人都要把棉花秆扎成捆子,捆子不拘粗细,放到椿树的枝杈上,大年三十取下来,留着初一烤火。不知这一习俗源自何时,出于何因?有何说法?礼失求诸野,或是犹存的古风,亦未可知。

还应说着远行人

邯郸冬至夜思家

唐·白居易

邯郸驿里逢冬至,抱膝灯前影伴身。
想得家中夜深坐,还应说着远行人。

在冬至夜里,诗人客居邯郸客栈,抱膝而坐,人单影只,想到家人此时正坐在一起闲话,一定会聊起远在异乡的他。

自古以来,冬至就是个大节。唐朝时,冬至会给官员放假与家人团聚,白居易身在客乡,不免要思念起家人。诗人作诗的手法非常高妙,他没有说自己如何思念家人,而是反着说,家人闲聊时会说起他,看似轻描淡写,却是化浓为淡,用家人对他的惦念,反衬诗人对家人的思念之情。

冬至,作为节气,人文含义似乎大于自然的意义。节气本来是用以指导农事的,时令到了冬季的"亚岁",基本上没有什么农事可做了,天寒地冻,农人正是冬闲的时候,休养生息,为开春的繁重劳作做准备。

闲不住的农人,没事也要找事做,都是那些可做可不做的活儿,比如,修剪杏桃、杨柳之类的树木,尤其是桃树,把华枝、旁逸斜出的枝条修剪掉，把树修剪出个树形来，尽量让树枝四出，形成一个大的球面，南边的树枝修剪得低矮一些，北边的要高峭，这样，春暖花开的时候，南边的树枝就不会遮挡北边树枝的阳光。

杏树不像桃树，杏树比桃树高大，树冠却没有桃树舒展，在修剪的时候，只要把旁枝剪掉就可以，至于什么样的枝子是旁枝，有经验的老农心里有数就行了。

树枝修剪下来，拉回家可以做柴火，寒冬不能没有柴火，刘亮程在《寒风吹彻》中写道："我静坐在屋子里，火炉上烤着几片馍馍，一小碟咸菜放在炉旁的木凳上，屋里光线暗淡。许久以后我还记起我在这样的一个雪天，围抱火炉，吃咸菜啃馍馍想着一些人和事情，想得深远而入神。柴火在炉中啪啪地燃烧着，炉火通红，我的手和脸都烤得发烫了，脊背却依旧凉飕飕的。寒风正从我看不见的一道门缝吹进来。冬天又一次来到村里，来到我的家。我把怕冻的东西一一搬进屋子，糊好窗户，挂上去年冬天的棉门帘，寒风还是进来了。它比我更熟悉墙上的每一道细微裂缝。"寒冬，驱赶寒风，火是有优势的。

农人在家中闲不住，背着粪萁子到村里溜达着拾粪，呼呼的西北风里似乎夹裹着细碎的冰粒子，不过农人却并不把它当回事。民间有个说法：十腊月冻死懒汉。干起活儿来就不怕冷了，戴着老头帽子做防护。老头帽者，一种苍青色的漫头套的帽子也。帽子上只露两眼，类如影视剧中劫匪的蒙面头套。猪、牛、驴遗下来的粪便，在寒风中已冻成坨，要用粪勺子使劲刨。驴拉屎有个习惯，一边走一边拉，一拉一长溜，看上去充满了动感，好像随时都可以滚动，实际上，粪球已经被冻住了，粪勺子用力一刨，冰碴子四飞，驴粪蛋子却岿然不动，挺有趣的。绕着村子转了几圈，粪箕子里的粪便也拾满了，老头帽上直冒白气。

粪积攒起来，留着开春上地；庄稼一枝花，全靠肥当家。

有手艺的农人，趁着冬闲好显身手。斗笠，也称斗篷子。编制斗篷子通常是在大地窖子里，地温基本不受天气季节影响，地窖子冬暖夏凉；地窖中有斗篷子的模具，编制斗篷子离不开模具，材料是高粱、芦苇，用刀划出篾须，柔软的篾须在手中跳动，不几天一顶斗篷子就编制好了，码放起来，等待着夏忙时，拿到集市上去卖。

木匠师傅，做板凳、桌子之类，或帮着人打家具，屋外天飘着雪，雪花纷飞；室内，刨花飞卷，屋中放着一只火盆，里边燃烧着锯末子，锯末被压得结结实实，经烧。

歇茬的闲地，老农就用钢叉把地别起来，农人视土地为生命，对土地有着深厚的感情，他们认为土地和人一样，每季都长庄稼，地也会累，土地就没有劲了，要让土地歇一歇，这就是地歇茬，歇茬的土地，不让它长庄稼，要把它们挖起来，让风吹雨淋太阳晒，等于上一遍粪。

妇女们，在家中做做针线活。民谚曰：吃了冬至面，一天

辑四　冬雪雪冬小大寒

长一线。这线就是妇女手中的针线，冬至过后天长了，针线活就多做，多做就多用线，天长线亦长。过去，妇女心灵手巧，从头到脚，由里到外，没有不会的，脚上穿的千层底，头上戴的青帻帽，裤子、褂子、被子、褥子，都是妇女们一针一线缝制出来的。豫剧有个经典唱段《谁说女子不如男》："咱们的鞋和袜，还有衣和衫……"唱的就是妇女做女红的不易。

　　冬至节气，农人以劳作打发清闲时光，为春天做准备，在他们眼里，节气是农事的号令。在冬至的风俗中，受到传统力量的推动，跟着往前走，他们或许不知道他们正助推着传统文化的发展，事实上他们却这样做了。就像白居易在冬至日的邯郸客栈思念家人，不说思念家人，而说家人思念他。

小寒

小寒，当太阳达黄经285°时，小寒节气开始，交节时间在1月5日或6日。寒即寒冷，小寒表示寒冷的程度。《月令七十二候集解》解释说："小寒，十二月节。月初寒尚小，故云，月半则大矣。"小寒之后，我国气候开始进入一年中最寒冷的时段，冷气积久而寒。此时，天气寒冷，但冷还未到达极点，所以称为小寒。

小寒，腊月风和意已春

十二月八日步至西村

宋·陆游

腊月风和意已春，时因散策过吾邻。
草烟漠漠柴门里，牛迹重重野水滨。
多病所须惟药物，差科未动是闲人。
今朝佛粥交相馈，更觉江村节物新。

小寒节气一落脚，便踩到了腊月的地界。旧历的十二月，称为腊月。《礼记·月令》记载："孟冬之月，门闾腊先祖五祀。"意思是说，到了岁末要进行祭祀活动，腊祭的对象，是列祖列宗以及五位家神。五位家神，即门、户、天窗、灶、行（庭院）。祈求来年风调雨顺，五谷丰登，人丁兴旺。

腊月，在古代有狩猎的习俗。司马迁《史记·秦本纪》曰："十二月猎日也。秦文王始效中国，为之猎禽兽，以岁终祭先祖。"古代，腊月农闲，农人到山林去打猎。那时，野生动物多，比如野猪之类的草食动物，常到农田里祸害庄稼，打猎从某种意义上来说，也是为了平衡生态，猎物可以用来补充

口粮的不足，还可以做祭祀品。

常言道：进了腊月就是年。腊月初八，有吃腊八粥的传统，在古代，有合聚万物、调和千灵之意。陆游这首《十二月八日步至西村》，是他四十岁左右，罢官回到故乡，于腊八日散步的感思。

在天寒地冻的小寒天气里，冷风中似乎已有了春意，诗人赋闲在家，没事到户外散散步。一条被枯草包围的小径通向野外，河岸边，散落着乱七八糟的牛蹄的印迹。有病需要药物来治疗，罢官归乡便是闲散之人。今天是腊八，乡邻们互赠腊八粥，诗人便觉得乡人温暖，有人情味。家乡腊八的烟火气息，似乎温暖着诗人官场失意的心。

腊八粥，是小寒节气的点睛之笔。喝腊八粥的传统，成了岁月的传奇。

在家乡，把豆浆称之为粥。老家苏北邳州一带，过去，农作物一年两季，麦茬豆，豆茬麦，一方水土养育一方人，乡人便用大黄豆磨浆煮粥。

集市上卖的粥，据说豆浆掺有米粉，一来可以降低成本，再者就是粥不挂碗，粥喝完了，碗干干净净的，洗刷过似的。

早集，街上，稀稀落落的行人，道旁，简易的粥棚里，雾气腾腾的。"喝粥了——"一声吆喝，吵醒了街市；人，三三两两地趋向粥棚，长长的木柄勺子伸进粥缸，一勺一碗，酒要满，茶要浅，盛粥在酒与水之间，眼看着，手攥着，刚

刚好，顺手抓把盐豆子，撒在粥上，油光光、黄灿灿的盐豆子被粥捧着，不下沉，堪称一绝。

老家人的概念里，似乎没有稀饭一说，他们把粥以外的稀食统称之为"汤"，在"汤"中，又分为糊涂（音）、麻糊（音）、粉浆、豆沫水……而今想来，蛮有趣的。汤，原意为沸水，怎么会把粮食加水煮的稀食称为"汤"呢？就像家乡人称白开水为"茶"一样，无解。若想弄明白这些习俗，恐要写一部厚书的。

乡里，周姓的不说喝粥，汤姓的不言喝汤，都说喝"糊涂"。喝"糊涂"者，实乃精明人。

粥，《说文解字》粥字条云："粥，会意字。从米，从二弓。""米"指米粒，"弓"意为"张开""扯大"。粥也称为糜，就是把粮食煮成稠糊的一种吃食。在我国，有关粥的记载，最早见于周："黄帝始烹谷为粥。"大约在汉代，粥始为药膳，据《史记》记载：西汉名医淳于意用"火齐粥"给齐王治病。

其实，粥主要是为了果腹。苏东坡有帖云："夜饥甚，吴子野劝食白粥，云能推陈致新，利膈益胃。粥既快美，粥后一觉，妙不可言。"郑板桥常以炒米为粥，有穷亲戚来访，泡上一碗炒米，就着咸菜，美美地喝上两碗，实在不孬。不知何时始，粥被提升到养生的高度。陆游曾写过诗《食粥》："世人个个学长年，不悟长年在目前，我得宛丘平易法，只将食粥致神仙。"

粥的种类很多，根据粥的主料不同，名目繁多，不胜枚举。在众多名目的粥中，腊八粥，有着丰厚的文化内涵。腊八，顾名思义，腊月初八，初八吃粥的习俗，由来已久，为祭祀，以期风调雨顺，农人有个好收成，后来，不断有人在腊八粥中添加"作料"。

宋代，每逢十二月初八日，东京汴梁各大寺院都要送七宝五味粥，也就是"腊八粥"。宋代孟元老《东京梦华录》记载，十二月初八日，诸大寺作浴佛会，并送七宝五味粥与门徒，谓之"腊八粥"。腊八粥，又称"佛粥"。这天，汴梁城的百姓各家亦以果子杂料煮粥而食也。

元、明、清沿袭这一食俗，清代最为盛行。有诗云："家家腊八煮双弓，榛子桃仁染色红。我喜娇儿逢览揆，长叩佛佑荫无穷。"周密《武林旧事》："（腊月）八日，则寺院及人家用胡桃、松子、乳蕈、柿、栗之类作粥，谓之腊八粥。"元人孙国敉的《燕都游览志》有："十二月八日，赐百官粥，以米果杂成之。品多者为胜，此盖循宋时故事。"有关腊八粥，尚有不少传说。

相传，释迦牟尼云游四方，饿昏道旁，被一村姑救起，因家中少粮，便用少许的米加野果混煮。释迦牟尼醒来食粥后，便在菩提树下静思，腊月初八悟道成佛。又说，朱元璋儿时为地主放牛，腊八这天，在野外放牛，饥饿难耐，见一老鼠洞，洞中有老鼠储备的越冬的杂粮，洗净，煮粥，甚是美味。

  而今，腊月初八食腊八粥的习俗，依然有着蓬勃的生机，腊八，各大寺庙依旧沿袭着赐腊八粥的习俗。腊八粥的食材不断地丰富。

  小寒节气，一碗暖暖的腊八粥，温暖着世道人心。

小寒连大吕

小寒

唐·元稹

小寒连大吕，欢鹊垒新巢。
拾食寻河曲，衔紫绕树梢。
霜鹰近北首，雊雉隐丛茅。
莫怪严凝切，春冬正月交。

每个节气，都有表现节气的物候，物候是节气的外在表现。元稹这首《小寒》，通过小寒时节的物候征兆，表达了诗人对待事物的乐观心态。

古代十二律，与地支及月份对应关系：黄钟（子，十一月）、大吕（丑，十二月）、太簇（寅，正月）、夹钟（卯，二月）、姑洗（辰，三月）、中吕（巳，四月）、蕤宾（午，五月）、林钟（未，六月）、夷则（申，七月）、南吕（酉，八月）、无射（戌，九月）、应钟（亥，十月）。小寒连大吕，意思是进入腊月便到了小寒节气，喜鹊开始在树上筑巢，飞到蜿蜒的河道中觅食，黄昏时，衔着晚霞归巢。大雁顶着寒霜向北迁徙，野鸡在枯

草丛中鸣叫。不要怪小寒节气那么严寒,严寒之后,转眼就到了春正月。

常言道,冷在三九,热在中伏。三九便在小寒节气里。此时,基本上没什么农事,正是农人冬闲的时候。冬闲就有冬闲的方式。

三九严寒,天气凛冽了起来,暖,无疑就成了人们心头的向往。暖,从"日"从"爰",日,就是太阳,冬天晒太阳,是不言而喻的事,晒太阳是大白话,说雅点便是负暄。此举有求于外物,受天气变化的影响,诸如阴雨天,太阳被乌云困起来了,便束手无策了,怎么办呢?只得求"爰"了,发挥主观能动性,运动自身以御寒,挤暖就是最好的方法。

秋收冬藏。冬天,正是赋闲的时光,此乃农耕文明积淀的文化基因,冬日的阳光绒绒地照拂过来,在背风的向阳处,土坡垫背,微眯双目,漫无目的地远望着,若有所思的样子,人淹没在阳光里,闲适清雅,悠然自得,不能不说是一桩美事。

这种场景,画面里的人物,青壮年无疑是不合时宜的,古人的山水画,画中的人物多为老者,或芒鞋竹杖,或松下展卷,或溪边垂钓……鲜有年少者,疑惑不解。写此文时,似有醍醐灌顶之感,岁月如流,沉静成潭时,一个静字稳坐在深流之上,压得住。年轻人,阅历浅,有活力,活力就是动感,你让一个活力四射的小青年眯起眼睛晒太阳,似乎是在说笑,小青年喜欢挤暖。

有堵墙作为道具，挤暖大戏便可随时上演，天气有点冷，几个小伙子聚在一起玩耍，挤暖游戏是不二的选择。靠墙一溜排好，左边往右边挤，右边往左边挤。这种游戏自由度非常高，天冷，手可袖在袖筒中，用肩膀扛，不像拔河，要赤手攥住绳子拉拽，拔河要分出胜负来，挤暖无须争强，目的只冲着暖。被挤出来了，赶紧排回队尾，随掉随补，玩的时候，自然不会像晒太阳一样静默不语，倒是像落在干树枝上的麻雀，叽叽喳喳。配以挤暖游戏的，还有一首有趣的童谣："挤、挤、挤棉花，挤淌水，买棉花。"童谣贯穿着整个游戏，佐以嘻哈欢笑，增词加句，临时砸挂，单纯的挤暖游戏随之丰富了起来，直挤得满面红光，头顶冒白气，内衣粘身，方告一段落。

跑冻，也就是溜冰，是数九天气的保留节目。

冬天,跑冻真是一件快乐而又刺激的事。冰冻了水的表层，水在冰面下是流动的，未结冰时，只能站在岸边看水，发呆，胡思乱想，人没入水里，被水包围着，似乎成了水的一部分。冬天来了，情况就不一样了，水塘、河道上冻了，原来柔软的水塘、河道，便成了一条明亮的道路，无须绕道或乘舟，可以直接从冰面上走过去，既节省脚力又有趣得很。人立在冰面上，可驰目河道，可细察水草，以及悠然游弋于水草间的小鱼……

一夜的西北风刮过，早晨，沿河柳缀满了银花，那些挂满白霜的柳条随风摇动着,似乎能听到相互撞击的脆响。此时,许多人不约而同地来到河边,大人小孩,有人用力跺着冰面,咔嚓一声清响,便生出一道长长的冰纹,或有人在岸边搬来块大石头,狠命地向冰面砸去,咣的一声,石头已滑向河心,经过一番测试,便可以放心跑冻了。

跑冻时的炸冰声清脆、激越,真乃天籁之音。大人们跑冻大都是十多人手挽着手,步调一致,脚步齐落,嘎嘎作响,脆声穿空而去,冰面也为之一沉,抬起脚的一瞬,冰似又弹了回来,如此往前赶着跑,只见冰面一起一伏,道道冰纹在河面上,画着抽象画。

小孩们在冰面上乱跑,一个不小心,摔在冰面上,疼了,哇哇大哭。在冰面上,抽转悠(陀螺)也很有趣。平时在土地上,摩擦力大,转速不快,还老是灭。冰面就不同了,抽一下,可转半天,转速极快,在转悠顶贴上五彩纸片,就能转出五彩斑斓的旋涡。天越冷,跑冻的人越多,玩得也越欢快,跑得满头大汗,热气透过厚厚的棉袄往外冒白气。

雪,在冬天不是什么稀客,三九天,无疑是雪花最佳的表演舞台,一夜寒风起,雪花便满天飞舞,悄无声息的,天明一看,天地间一片白茫茫,一群鸟雀不知所措地做超低空飞行,却无处可落。

在草垛上清理一片出来,支起一张拉网,鸟雀便会飞落下来,自投罗网,这是大雪赐给人的福利,却是鸟儿们的灾难。

　　一场大雪从天而降，把春捂在雪被里，雪渐渐地融化，春便会被草芽顶出来。正如元稹所说："莫怪严凝切，春冬正月交。"小寒，天气是该冷的，不冷就不对了，就要出问题，寒冷方是正道。时令不可违。

大寒

　　大寒，理论上是一年中最寒冷的节气，此时太阳到达黄经300°，交节时间为1月20日或21日。《三礼义宗》载："大寒为中者，上形于小寒，故谓之大。自十一月一阳爻初起，至此始彻，阴气出地方尽，寒气并在上，寒气之逆极，故谓大寒也。"

大寒，岁时风俗相传久

祭灶与邻曲散福

宋·陆游

已幸悬车示子孙，正须祭灶请比邻。
岁时风俗相传久，宾主欢娱一笑新。
雪鬓坐深知敬老，瓦盆酌满不羞贫。
问君此夕茅檐底，何似原头乐社神？

《说文解字》："年，谷熟也。"引申为一年的收成，也就是四季的一个总结。年，亦是时间的单位，即地球围绕着太阳公转一周、月亮围绕着地球转了12个周期所用的时长。时令节气到了大寒，年味便越来越浓了，在漫长的农耕文明里，年俗文化丰富多彩。

陆游这首诗，写的就是腊月二十四祭灶与邻居散福的感怀。散福，祭祀后分食祭祀品之意。古代，官员到了七十岁辞官回家，不在享受"小车"的待遇，这便是悬车，意思是年过七十。

诗人年过七十，辞官归乡，年二十四祭灶，与邻居分享祭祀食品。民间祭灶的风俗已经相传很久,大家一起祭祀灶王,祈求五谷丰登,是一件欢快的乐事。人过七十古来稀。陆游年过七十,也算是老寿星了,坐在高位受人尊敬,大家坐在一起,酒斟满,虽然没有什么美味佐酒,却也享受着祭灶神风俗的那份快乐。

在大寒节气里,许多年俗,至今在民间依然流传着。

年,可以说是一朵农耕文明之花,旧符新桃,花开不败,尤其在乡野,深耕在古老的泥土里,年的气息似乎更加馥郁。

民间的诸多传统习俗,似乎多关乎人的修身、处世的态度,就好比植物总是争着向阳生长一样,成了某种自觉。这种乐观的心态,让人达观地看待人生世事,对生活心存敬畏。

十里不同俗,据说各地有各地的风俗方式。吾乡祭灶习俗,趣味十足,完全把灶王爷人性化了。

祭灶,是在晚上进行的。那时,奶奶还在世,天刚一擦黑,堂屋里,一灯如豆,奶奶把针线筐端在油灯底下,开始着手为灶王爷扎马,材料就地取材,用的是高粱的秸秆。奶奶制作的时候,我也跟着照葫芦画瓢,用剪子把高粱秸铰成节,剥去秸秆的表皮,一条条须篾放在一起,柔软的秸秆瓤放在一起,长的当作马身,短一点的作马颈、马头,最短的当马蹄子。然后,那些篾须便被派上了用场,掐成一节一节,用以连接马颈、马头,四只一般长的做马腿,找出最长的,一点点地折,折而不断,卷曲成圈,一条写意的马尾巴便大功告成了。

奶奶把扎好的马放在地上，仰首嘶鸣，气宇轩昂，栩栩如生，那架势，感觉随时都可以飞奔而去。回头再看我扎的，身拧腿瘸，非驴非马，引得家人哄堂大笑，我也跟着傻笑，甚是得意。

马扎好了，奶奶用剪子铰些稻草，作为马料，为了让马吃得好一点，还在草料之中拌了小麦及麸皮。马料放在干瓢里，纸钱、酒、京果子、角蜜、三刀之类，事先已备好，此时，奶奶带领着全家到锅屋里，给灶王爷送行。

过年，要的就是这种仪式感，时过境迁，人们对年俗越来越淡薄了，许多习俗也都成了陈迹，湮没在岁月的风尘之中了，尤其是在城里。

灶王爷被送走了，到大年初一，大人要早早地起来，在大门前烧纸，把灶王爷接回来。

在苏鲁地区，至今还有大年三十拦金驹的习俗。

年节时，人们总是有意识地把大红"福"字倒着贴，谐音会意，以示吉祥。虽然生活未必因此而改变，却折射出人心的善良，人心的向上。谁不希望日子好呢？

大年三十，乡人们早早地把春联、门吊子之类的喜气贴上了家门。农家小院顿时就被装扮成了新嫁娘，除夕那灿灿朝阳似乎便是新嫁娘的五彩披风。一阵阵喜庆的鞭炮之后，你就会发现家家户户的大门前都多了样东西，那就是一根碗口粗细的木棒被横拦在了那里。

你可别小瞧了那根木棒,它就类似于一张彩票,五百万呢!据说它是用来拦金马驹的,谁家要是拦到了,岂不大发。至于世间可否真的有金马驹,金马驹又来自何方,似乎并不重要了,信则有,心诚则灵。

愿望如此美好,祖祖辈辈的乡亲们年年如是,却好像没有听说谁家拦到过,倒是小孩子脚下无眼而意外被绊倒跌伤的年年都有。不过,这也无妨,就像花儿亦会让人过敏,可人还是养花赏花。大年三十的金马驹,总还是要拦的。

时令大寒,天气是严寒的,人心却是暖的,田里的冬小麦,在雪被中等着春天,犁挂在墙上,牛圈在牛棚里,院中,蜡梅已悄悄开放,香气一阵阵袭来,掺和着浓浓的年味。

细草穿沙雪半消

除夜自石湖归苕溪

宋·姜夔

细草穿沙雪半消，吴宫烟冷水迢迢。
梅花竹里无人见，一夜吹香过石桥。

姜夔（1154—1221），字尧章，号白石道人，饶州鄱阳（今江西省鄱阳县）人，南宋文学家、音乐家。他多才多艺，精通音律，善于作新曲，他的词作格律严密，清新雅致，以空灵含蓄著称，姜夔对诗词、散文、书法、音乐，样样在行，是继苏轼之后又一难得的艺术全才。有《白石道人诗集》《白石道人歌曲》《续书谱》《绛帖平》等书传世。

南宋光宗绍熙二年（1191年）冬天，姜夔告别寓居的石湖别墅，除夕之夜乘舟归苕溪，于归途中，所见所闻，心有所感，作了一组诗《除夜自石湖归苕溪》（10首）。这首诗是其中的第一首。

沙岸一簇簇枯草被残雪覆掩着，坐舟上，吴宫被茫茫的水雾笼罩，渐渐隐没在远处。梅花躲在竹林深处目光追寻不到的地方,一阵夜风吹来,梅花的清香却已飘过了石桥。

用白话文来翻译古诗,实乃世上最蠢的事,明知如此,有时,还不得不如此。这好比白砂糖虽甜,也要用开水冲泡着喝,甜味被稀释了,却易于吸收。

细草、沙地、吴宫、烟水、梅花、竹丛、石桥,这些意象是诗人空寂、雅静的心境外化,深掩竹丛深处的梅花,似乎是诗人清雅的灵魂,即便无人领会,也香气自溢。

大年三十,又是夜晚,人们都在家中围炉夜饮守岁,诗人却在归途之中,诗写得极幽雅,骨子里到底有点清冷。大寒节气,冷本来就是基调。

不过,在冷色调里已现暖色。向阳的溪水边,冰碴在阳光下闪着寒光,菖蒲已在冰碴中冒出绿芽,翠竹在假山旁抖落身上的白雪,挺直修长的腰身迎接着阳光,山脚蜡梅的花骨朵被风吹裂了,淡淡的清香一缕缕飘来,氤氲在凛冽的空中,红梅似乎受到蜡梅的传染,花骨朵依枝待放,岸柳在风中摆动着,像是在向不远处的春天招手……

万物似乎都在蠢蠢欲动之时,烟火人间正热火朝天地忙"年"。农人送灶王爷上天言好事之后,便开始为年节做准备,过年要有新气象,先要打扫屋子,俗称扫尘,屋里的蛛丝网,经年累积的灰尘,冬日烤火的熏烟……

乡野的冬天,其色调就是黑苍苍的,总给人沉重的压抑感,即便有那么星星点点的绿意,凝固的也都是死寂的墨绿,

感受不到绿的鲜活。农人们大都窝在家里，打发着闲散漫长的冬日时光。

电尚未通到乡村时，土墙草顶的茅屋，墙上不大的雀眼已被麦草死死地堵住了，西北风无缝不钻。一个冬季下来，大部分时间都是被火盆里的火烤干掉的，为了火盆里的火不熄不灭，就要去捡拾柴火，这似乎就是冬天的主题了。

茅屋的空间不大，烟熏火燎，可以想见屋里多么需要注入活力。有心人，早就把几只蒜头放在豁口的青花碟子里，倒上半碟子清水，屋里就有了青眼。爱花的小姑娘已在村头折几枝腊梅花，插在玻璃瓶中，室里似乎便有了春气，最耀眼的还得说是色彩鲜亮的年画。

胖娃娃抱着大红鲤鱼，花开富贵的红牡丹，岁寒三友梅松竹，还有马克思、恩格斯、斯大林、毛主席的伟人像，以及《红灯记》《智取威虎山》《奇袭白虎团》之类的剧照……说是年画，除了诸如"年年有余"的民俗图尚有点年画的真意以外，其他的画似乎已不是真正意义的年画了。不过，热闹喜庆是年的基调，从这点上来讲，所有色彩鲜亮的画统而概之称为年画，自然也不为过。

年集上，卖年画的随处可见，农村的集市，不缺树木。两树之间牵一条细绳，年画便夹在绳上，风来，纸画便在细绳上荡秋千，画摊前围满了人，男男女女，老老少少，指指点点，挑选自己中意的，便招呼卖画人给卷起来。卖画人卷画堪称一绝,没见手动,只见画卷,匀匀称称,两头用事先裁好的报纸条随卷一周,然后往画卷里一折,画拿在手中跟金箍棒似的,一手交钱,一手交货,大家的脸上漾满了笑意。记得那时,街上还有一家新华书店,年节,书店四壁及房梁都挂满了年画,书店里,人满为患,多是冲着年画去的。

屋子打扫干净,贴上几张年画,屋内顿时亮堂了,有了生趣。

而今,农人多外出打工,在外边挣的钱多花在建房子上,一个看一个,谁也不示弱,小楼一座座林立了起来。电早已通村串户,春节回家过年,空调一开,外边是冬,屋里是春,

室内,摆放着几盆廉价的塑料花,一年到头花不败,岁末,也不用青蒜点缀了,似乎年味淡了些。

淘洗小麦,到面坊去磨面。那时,家家都有一口瓷缸盛面,俗称面缸。过去,有人东西丢了,到处都找遍了也没找到,让算命先生给算,算命先生了解一些情况之后,掐指一算,说,你丢的东西在面缸上,那人回去一看,真的就在面缸上。这就说明了过去面缸的普遍性。

民间有首歌谣:"小孩小孩你别馋,过了腊八就是年,腊八粥,喝几天,哩哩啦啦二十三,二十三,糖瓜粘,二十四,扫房子,二十五,炸豆腐,二十六,炖大肉,二十七,杀公鸡,二十八,把面发,二十九,蒸馒头……"

磨面、做豆腐、杀猪……看屠夫杀猪,是一件有趣的事。

院中，一口大铁锅，大锅边是一水泥台的案子，水泥台旁有横单，横单上挂满了铁钩子，以备钩猪肉用。只见老奇给睡梦中的猪放完血，便把猪放进滚水的大铁锅里。都说死猪不怕开水烫，在老奇眼里，死猪也是怕开水烫的，烫到什么程度，只有老奇能感知，恰到好处，好褪毛。只见老奇速缓有致地翻动着开水中的猪，之后，迅速把猪抬到水泥案子上，用小尖刀在猪右后蹄处割开一小口，插入管子，吹气，渐渐地，猪便在案子上鼓胀了起来。老奇右手握住铁刮子，似乎是眨眼之间，三下五除二，变戏法一般，光溜溜的一头猪便躺在眼前，寻不到半根猪毛。

杀猪年，不杀猪怎么好意思叫年呢。割一刀肉，再逮两只鸡，配两条大鲤鱼，就是不错的节礼了。

在苏鲁交界一带，腊月底，有推磨烙煎饼的习俗。一推就是好几天，煎饼烙了好几筐子，一直能吃到过完元宵节。到了年三十，便把石磨封了，磨眼里要插一根翠竹，磨眼用小麦麸皮灌满。

不知磨眼插竹子的风俗始于何时？竹子大约是充当摇钱树的角色，寓意着财源滚滚来。此外，竹子有节，意味着日子节节高。

除夕这天，家家煮肉、剁饺馅，像白菜、萝卜之类的素馅，剁碎之后，还要用纱布挤去水分，家家户户砰砰的剁馅声，似乎是在叫醒沉睡了一冬的春。

辑四　冬雪雪冬小大寒

大寒节气到了年岁的尾声，完成了一年周期的闭环，它的结束，也意味着又一年四季的开启。春去秋来，岁月滚滚，变化中有坚守，坚守中有变化。这，便是中华文明的根脉。